NIGHTMARE ACADEMY 2

Dean Lorey

NIGHTMARE ACADEMY 2

El regreso de los monstruos

Ilustraciones de Brandon Dorman

Traducción de Núria Martí

Argentina - Chile - Colombia - España
Estados Unidos - México - Uruguay - Venezuela

Título original: *Nightmare Academy – Monster Madness*
Editor original: HarperCollins Children's Books
Traducción: Núria Martí
Diseño de cubierta: Opalworks
Ilustración de cubierta: Israel Sánchez

Copyright 2008 © *by* Dean Lorey
Copyright 2008 © de las ilustraciones: Brandon Dorman
© de la traducción 2009 *by* Núria Martí Pérez
© 2009 *by* Ediciones Urano, S.A.
    Aribau, 142, pral. – 08036 Barcelona
    www.mundopuck.com

ISBN: 978-84-96886-13-1
Depósito legal: NA. 921 - 2009

Fotocomposición: Ediciones Urano, S.A.
Impreso por Rodesa S.A. – Polígono Industrial San Miguel
Parcelas E7-E8 – 31132 Villatuerta (Navarra)

Impreso en España - *Printed in Spain*

A mis viejos, Craig y Marilyn.
Los padres no se pueden escoger…,
así que supongo que tuve suerte.
Os quiero.

ÍNDICE

PARTE

· I ·

LA FUGA
DEL MUNDO DE LAS
PROFUNDIDADES

1

EL OSCURO DE DORA

P or lo común uno no acaba perdiendo la vida en los exámenes finales, pero Charlie Benjamin no era un niño como cualquier otro, y los exámenes finales que él y sus amigos estaban a punto de hacer tampoco eran demasiado normales que digamos.

—¡Preparaos monstruos! —exclamó Teodoro mientras él, Charlie y Violeta reunían su equipo sobre la cubierta del barco pirata que había en la última planta de la Academia de las Pesadillas—. ¡En cuanto acabemos el examen, no seremos más noobs!

Después de haber estado entrenándose a lo largo de seis meses en el gigantesco baniano donde se encontraba la Academia de las Pesadillas, Charlie se sentía ya como en casa y se conocía al dedillo los desgastados tablones de madera de los barcos destrozados que colgaban del árbol. Había tenido que seguir un duro entrenamiento en sus estudios. Ya había perdido la cuenta de la cantidad de mordiscos y arañazos que había recibido de los monstruos de la clase 1 en el primer curso para desterradores, y tener que evocar continuamente sus miedos más profundos y oscuros para abrir portales en el primer curso para abreprofundidades tampoco había sido ir de picnic.

Pero todo esto en realidad no importaba.

Porque por cada mal rato pasado había vivido tres buenos, nadando en el océano transparente y tibio con Violeta y Teodoro, jugando al escondite en la demencial red de pasarelas, barcas y ramas de la Academia, y zampándose ciruelas silvestres con el dulce jugo púrpura deslizándose por sus barbillas.

Había sido sensacional… y todos aquellos ratos habían acabado llevándole al momento presente.

—¡El examen final es pan comido! —gritó Teodoro—. Dejadme a mí esos monstruos y os mostraré el verdadero significado de las palabras *¡control de plagas!* ¡Soy un atomizador ambulante y parlante de insecticida!

—¡Pues la verdad es que eres tan larguirucho y flaco como una lata de atomizador! —le soltó Violeta riendo.

—¡Y también igual de mortífero! —repuso Teodoro—. Soy un insecticida superpotente de aquellos en los que pone «No apunte el *spray* al rostro, no lo emplee cerca de una llama y lávese las manos después de usarlo».

—Me alegro de que el día del examen por fin haya llegado. Me siento como si hubiéramos sido noobs durante una eternidad —observó Charlie con una sonrisa burlona.

—¡Porque es verdad! —apostilló Teodoro como si le doliera el cuerpo sólo de pensarlo—. ¡Quiero decir que ya nos tendrían que haber ascendido a adis hace un montón de años! Después de todo, ¿quién rescato a tus padres de la guarida de Barakkas y Verminion?

—Nosotros.

—¡Exactamente, nosotros! Y lo hicimos al segundo día de estar en la Academia. ¡Somos el mejor equipo! La brigada de los abreprofundidades! ¡Los machacamonstruos!

—Vale, vale, tranqui tío —exclamó Charlie riendo—. No

te preocupes, esta noche tendremos todas las oportunidades que queramos para lucirnos.

—¡Y que lo digas! Te aseguro que yo ya estoy DVD.

—¿Dando vapuleos directos? —le preguntó Violeta.

—No, eso sería de lo más ridículo —protestó Teodoro; no había nada que le fastidiara más que alguien intentando adivinar el significado de las iniciales que se inventaba antes de que él las explicara—. Significa… —añadió pareciendo buscar una respuesta—. ¡De verdad decidido! —gritó iluminándosele los ojos por la ocurrencia.

—¡Te lo acabas de inventar!

Pero antes de que Teodoro pudiera responder, se abrió de pronto junto a ellos un portal rodeado de unas vivas llamas violáceas. Rex, Tabitha y Pinch salieron de él.

—¡Hola, mis impacientes pequeños noobs! —exclamó Rex con su fuerte acento tejano y una sonrisa de oreja a oreja en su moreno rostro. Iba vestido como de costumbre con unos tejanos desteñidos, unas botas de cuero y un desgastado sombrero de vaquero. Y llevaba el lazo y una reluciente daga colgándole de las caderas—. ¿Estáis preparados para la prueba final?

—Estamos más que preparados. Me siento como si siempre lo hubiéramos estado —respondió Charlie.

—Entonces hagamos la prueba de una vez. Como mi padre siempre decía: «El fracaso no se contempla».

—¡La prueba es pan comido! ¡Aniquilaremos a todos los bichos! ¡Les daremos tal paliza que…! —gritó Teodoro.

—¡Bobadas! —le interrumpió Pinch sacudiendo la cabeza—. Toda esta fanfarronería no son más que bobadas.

—Es bueno confiar en uno mismo, Pinch —dijo Tabitha con los ojos verdes brillándole como las joyas que adornaban su corto pelo pelirrojo—. Cuando tú tenías su edad, también estabas impaciente por hacer la prueba. ¿Ya no te acuerdas?

—Procuro no acordarme —repuso Pinch suspirando—. Venga, hagámosla de una vez. Cuanto antes la empecemos, antes la terminaremos, y yo prefiero no pasarme toda la noche esperando a que estos noobs consigan convertirse a trompicones en adis, si es que triunfan.

—No te quepa duda, triunfaremos. ¡El fracaso no se contempla! —exclamó Violeta con una sonrisa

—Me pregunto dónde he oído esta frasecita antes... —murmuró Pinch.

—No tengo ni idea —repuso Rex—. Sospecho que procede de alguien muy sabio. Y muy guapo. Y muy inteligente. Y...

Tabitha le hizo callar poniéndose el dedo en los labios.

—Venga, resolvamos lo de los monstruos de una vez, ¿no os parece?

Agitando la mano abrió un portal que daba al Mundo de las Profundidades.

Lo primero que Charlie advirtió al cruzarlo es que olía a podrido. La pestilencia venía del agua turbia cubierta de hojas de una piscina en medio de un jardín. Estaba rodeada de varios bungalós pequeños y destartalados. Muchos de ellos estaban cerrados y sin utilizar, como la Gran Rueda rota que yacía en el césped sin cortar. La luz de la luna que lograba filtrarse por las nubes era tenue y fluctuante.

—Estamos buscando el bungaló C —dijo Pinch escudriñando en la oscuridad—. ¡Ah, ahí está! —añadió señalando un bungaló verde deteriorado por la acción de los elementos. La lámpara amarilla que había en la pared, junto a la puerta de entrada, parpadeaba proyectando una luz débil y extraña.

—¡Esta casa es espeluznante! —observó Violeta.

—¡No me digas! —le soltó Teodoro—. Es porque está llena de monstruos. ¿Hola? ¿Hay alguien ahí?

—¿Puedo darle un guantazo? —exclamó Violeta.

—No, porque es demasiado frágil e igual se rompe —le respondió Charlie sacudiendo la cabeza.

—¿Frágil? —bramó Teodoro—. ¿Me lo imagino o he oído bien y has dicho que una chica puede romperme? Porque si es eso lo que has dicho…

—¡Venga, acabemos con la prueba de una vez! —le interrumpió Pinch poniendo los ojos en blanco—. Este bungaló es vuestro objetivo y aquí tenéis el cuerno del pánico —añadió entregándole a Teodoro un cuerno rojo que parecía una lata de aerosol con un embudo en la punta—. Si pulsáis el botón, vendremos enseguida a ayudaros, pero recordad…

Teodoro presionó el botón.

El cuerno emitió un ruido tan estridente que Charlie pegó un brinco hacia atrás dándole sin querer un codazo a Violeta en plena cara.

—¡Aay! —gritó ella.

—¡Lo siento!

—¡No vuelvas a hacerlo nunca más! —le ordenó Pinch poniéndose la mano sobre el corazón del susto que le había dado mientras los perros del barrio se ponían a ladrar furiosamente—. Sólo debéis usarlo en un caso de extrema emergencia.

—*Non problema* —respondió Teodoro—. Sólo quería probar… si funcionaba. Cualquiera que tenga dos dedos de frente sabe que CTU es comprueba tu equipo. Es la *prima regola*, que en italiano quiere decir…

—¡Ya lo sé lo que significa! —le soltó Pinch cerrando los ojos y acariciándose la barba para calmarse—. Recordad que sólo debéis usar el cuerno del pánico en caso de una extrema emergencia, porque si nos obligáis a entrar en la casa para ayudaros, habréis suspendido el examen final. Para aprobarlo debéis siempre esperar…

—¿Un cerdo con un tutú? —preguntó Rex.

—No —replicó Pinch lanzándole una furiosa mirada—. Debéis siempre esperar…

—¿Una nutria saltarina?

—¡Lo más inesperado! —replicó Pinch irritado.

—Mmmm. ¡Qué interesante! No esperaba que dijeras eso —observó Rex lanzándole un guiño amistoso a Charlie. Él no pudo aguantarse más y se echó a reír.

Tabitha sacudió la cabeza irritada.

—¿Queréis dejarlo ya para que los chicos puedan hacer el examen final de una vez?

—¿A que se pone preciosa cuando se enoja? —observó Rex con una sonrisa burlona—. Las mejillas se le ponen como las de una ardilla listada y le aparece esa arruguilla tan mona sobre la nariz.

—¿Una ardilla listada? —exclamó Tabitha irritada.

—¡Oooh! ¿Veis lo furiosa que ahora finge estar? Cuando pone esa expresión, en el fondo está diciendo «Estoy enamorada de Rex, pero hago todo lo posible por ocultarlo».

Tabitha se quedó boquiabierta, no podía creérselo.

—Vuestro examen final empieza ahora —dijo dándole la espalda a Rex intentando mantener el tipo—. Dora, una niña asustada, ha estado dejando que los monstruos entren en nuestro mundo durante sus pesadillas. Ni ella ni su padre tienen idea de lo que está ocurriendo. Su casa está infestada de monstruos, o sea que tenéis que apañároslas para que os dejen entrar y luego debéis identificar los monstruos y deshaceros de ellos. Disponéis de una hora de tiempo.

—¡Qué facilillo! ¡Está chupadillo! —exclamó Teodoro. ¿Tengo razón o razón tengo? —le preguntó a Charlie.

—No tengo ni idea de lo que acabas de decir, pero estoy pensando que podemos rodear la casa y mirar por las ventanas de la parte trasera. Ya sabes, inspeccionar el lugar para averiguar con quiénes nos las hemos de ver. Y entonces…

—O podríamos hacer esto —sugirió Teodoro tocando el timbre.

A Rex, Tabitha y Pinch apenas les dio tiempo de esfumarse antes de que se abriera la puerta de par en par y apareciera un hombre como una torre sosteniendo un enorme bate de béisbol entre sus dedos peludos y gordos como salchichas.

—¿Qué queréis? —les espetó. El bate relució bajo la débil luz de la lámpara de la pared.

—Mmm… —repuso Charlie desconcertado—. Pues verá, la Academia de las Pesadillas nos ha enviado para que nos ocupemos de unos monstruos del Mundo de las Profundidades que su hija Dora ha dejado entrar en nuestro mundo.

—¿Qué? —preguntó el hombre inclinándose hacia ellos.

—Ya veo que no me he explicado bien —se disculpó Charlie alzando la voz nerviosamente—. Lo que quiero decir es…

—¡Eh, oiga, amigo! —le interrumpió Teodoro plantándose frente al rostro enorme del hombre—. Su situación es ICM. ¿Sabe lo que esto quiere decir? Infestados con monstruos. Y nosotros vamos a librarles de ellos.

El hombretón se le quedó mirando un instante y luego le dio con la puerta en las narices.

—¡Estupendo! —exclamó Charlie—. Muchas gracias por tu ayuda, Teodoro.

—¡No ha sido culpa mía! Yo no he sido el único que ha metido la pata, tú también la has metido al soltar «lo que quiero decir… a lo que me refiero es…» y bla bla bla bla.

—Tengo un plan, y si no me lo echáis al traste, ese hombre seguramente nos dejará entrar en su casa ahora mismo, pero ¡ni se os ocurra tocar el timbre sin avisar!

Violeta tocó el timbre sin avisar.

—¿Qué estás haciendo? —exclamó Charlie horrorizado.

—No te preocupes, sé cómo manejar la situación.

La puerta se abrió y salió el mismo hombretón con el mismo bate de béisbol enorme. Le lanzó a Violeta una mirada furiosa.

—Sé cómo se siente —le dijo ella para tranquilizarle—. Está asustado. En su casa está ocurriendo algo que no entiende y quiere proteger a su familia, pero no sabe cómo hacerlo o de qué debe protegerla. Por eso va por ahí con el bate de béisbol. ¿No es verdad?

Él la miró con una expresión desconfiada, pero no dijo nada.

—En mi casa ocurrió lo mismo —prosiguió Violeta—. Yo solía tener unas pesadillas horrorosas y mis padres oían chillidos y gruñidos saliendo de mi dormitorio, unos sonidos horribles, pero no sabían qué los causaba. Sólo sabían que había algo que iba mal y que yo tenía problemas. Y de pronto un día unas personas aparecieron en mi casa y nos ofrecieron su ayuda. Nosotros somos esas personas y estamos aquí para ayudarles. Me llamo Violeta —añadió sonriendo afectuosamente y ofreciéndole la mano, pero el hombre se la quedó mirando sin darle la suya.

—Y yo Barry —le respondió él por fin estrechándosela—. Caramba, no sabéis cuánto me alegro de que hayáis venido.

Dora era una niña de ocho años.

Tenía una carita redonda y pálida y unos ojos como dos lunas gemelas con una expresión triste y angustiada bajo un bonito pelo lacio negro.

—¿Sabéis lo que me está pasando? —les preguntó en susurros.

—Últimamente ha sido horrible —añadió su padre. Hemos estado oyendo aullidos y arañazos, muebles estallando y la alfombra desgarrándose, pero sólo por la noche.

—¿Cuánto tiempo hace? —preguntó Charlie echando una ojeada al bungaló débilmente iluminado. Las imágenes de frutas del papel de las paredes, que en el pasado debían de tener un vivo aspecto, ahora se veían descoloridas y ajadas. En una cocina del año de la pera hervía una olla con espaguetis.

—Supongo que todo empezó a ocurrir cuando su madre murió —observó el padre de Dora lanzando un suspiro—. De eso hará cosa de un año.

—Lo siento mucho. Yo también perdí a mi madre hace mucho tiempo —dijo Violeta acariciándole el pelo a Dora.

—¿Ah, sí?

Violeta asintió con la cabeza.

—Fue lo peor que me ha ocurrido en toda mi vida. A partir de entonces tuve unas pesadillas horribles. ¿Las tuyas también lo son? —le preguntó a la niña sonriéndole con dulzura.

La pequeña asintió con la cabeza.

—Sí, son unas pesadillas terribles.

De pronto las luces parpadearon en la sala de estar débilmente iluminada. Charlie y sus amigos se miraron entre ellos, sabían lo que eso significaba.

—Así que… ¿creéis que podéis ayudarnos? —preguntó el padre de Dora dirigiéndose a Charlie.

—Creo que sí. Lo que ocurre es que algunos niños tienen lo que se llama «el Don», aunque a veces parece más bien una maldición. Cuando un niño con el Don tiene pesadillas, abre sin querer portales que dan al Mundo de las Profundidades, donde viven los monstruos. A veces estos monstruos entran en nuestro mundo por los portales y provocan toda clase de problemas, como los que vosotros estáis teniendo.

—¿Estás de guasa? —le preguntó el padre de Dora sorprendido—. ¿Portales? ¿Monstruos?

Charlie asintió con la cabeza.

—Creo que tenéis una invasión de gremlins. Por eso las luces de vuestra casa parpadean. A esos bichos les encanta roer los cables de la electricidad.

—Demuéstramelo —le soltó el hombretón con una expresión de escepticismo.

La habitación de Dora era la más oscura de la casa a pesar de estar todas las luces encendidas en ella. Era como entrar en una tumba. Sobre la cama había varios animales de peluche a modo de centinelas, en un estante una colección de unicornios de cristal y en cada enchufe una lamparilla de noche, pero aun así el dormitorio estaba envuelto en una tétrica penumbra.

—Ésta es mi habitación —dijo Dora en voz baja. Charlie advirtió que la niña se resistía a entrar. Y era lógico.

—No te preocupes, pequeña —intervino Teodoro—. El mejor equipo está aquí. Resolveremos el problema en un periquete.

Charlie se dirigió al centro de la habitación.

—Vale, ¡ahí vamos! —dijo, y entonces cerró los ojos y extendió la mano derecha para abrir un portal.

En las mejores circunstancias abrir un portal no era una tarea fácil. Tenías que conocer tu peor miedo, evocarlo y proyectarlo mentalmente como un rayo láser a un determinado lugar para abrir el portal sólo en el sitio exacto que habías imaginado. Era un poco como hacer malabarismos con espaguetis bailando un tango. Pero Charlie había adquirido mucha experiencia en los seis meses que había estado practicando el arte de abrir portales en la Academia de las Pesadillas y ahora era capaz de hacerlo con una increíble rapidez.

Casi al instante aparecieron unas brillantes llamas purpúreas crepitando ante él y se abrió un portal de poco más de dos metros de ancho rodeado también de llamas violáceas. Por él se podían ver las llanuras rocosas y azuladas del primer anillo del Mundo de las Profundidades. Eran planas y monótonas, salvo por un extraño objeto de lo más inverosímil que se alzaba en medio de la arena.

Era un armario alto de metal con un solo tirador.

—¿Para qué sirve? —le preguntó Violeta.

—Ya lo verás —repuso Charlie cruzando el portal.

A pesar de haberlo hecho cientos de veces, entrar en el Mundo de las Profundidades seguía siendo una experiencia extraña y desorientadora. Todos los ángulos parecían estar de algún modo ligeramente desencajados y Charlie sabía captar cualquier movimiento inusual a su alrededor, unos sutiles detalles que había aprendido a identificar con la experiencia, como el vientecillo que creaba un fantasma al pasar flotando por su lado o el pequeño montículo que se formaba cuando un gusano del Mundo de las Profundidades abría en la arena un túnel bajo sus pies.

Echó un vistazo a su alrededor para asegurarse de que no le estuviera acechando ningún bicho y luego levantó el tirador del armario, que emitió un «clic» indicando que el mecanismo de apertura había funcionado. La puerta se abrió revelando el tesoro oculto del equipo de un desterrador: aparatitos rastreabichos y estoques de repuesto, bolsas de harina para noquear a los murciélagos del Mundo de las Profundidades, linternas para deshacerse de los ectobogs, trampas para capturar a los snarks, diversos elixires para curar heridas, y antídotos para venenos o para protegerse de las enfermedades producidas por las mordeduras de los monstruos. Era todo cuanto un desterrador necesitaba para enfrentarse a la criatura más terrorífica del Mundo de las Profundidades.

—¡No me lo puedo creer! —exclamó Teodoro sorprendido—. ¿Cuándo conseguiste reunir todo este material?

—Lo he ido haciendo poco a poco —respondió Charlie encogiéndose de hombros, aunque en el fondo se sentía muy orgulloso de sí mismo—. Me dije: «¿Por qué tengo que llevar siempre encima los millones de diferentes herramientas que necesita un desterrador? Es mejor guardarlos en el Mundo de las Profundidadades, a sólo un portal de la Tierra».

—¡Tío, eres un genio! ¡Un verdadero genio! —exclamó Teodoro.

—Reconozco que me has dejado sorprendida, Charlie —admitió Violeta.

—Pues aún te queda más por ver —observó él alegremente, complacido por el comentario de su amiga. Metió la mano en el fondo del armario y sacó un pesado objeto de metal. Del tamaño de una tostadora, estaba cubierto de enchufes y lucecitas.

—¿Qué es este chisme tan demencial? —preguntó Teodoro.

—¡Espera y verás! —repuso Charlie volviendo a entrar en la habitación de Dora. Agitando la mano, cerró el portal tras él y dejó el cachivache de metal en el suelo, junto a la cama. Después accionó un interruptor. El extraño aparatito se puso a zumbar y las lucecitas se encendieron.

—En realidad, es la batería adaptada de un coche. No dura tanto como las normales, pero despide mucha más electricidad —les explicó Charlie.

—¡Es un atraegremlins! —exclamó Violeta.

Charlie asintió con la cabeza.

—Esos bichejos no pueden resistirse a él. Ya lo verás. Dentro de poco aparecerán los pequeños adictos a la electricidad.

Y así fue.

De pronto la puerta del armario de Dora se abrió de par en par con un chasquido y salió de él una criatura simiesca con pelaje de color naranja, larga cola y una gran boca. La electricidad de la batería estaba atrayendo al gremlin como si fuera un imán, ni siquiera parecía haber visto a los chicos.

—¿Esa cosa vivía en mi armario? —preguntó Dora sin acabar de creérselo.

—Así es —respondió Charlie—. Y me apuesto lo que quieras a que no es el único que hay por los alrededores.

Y tenía razón.

Al cabo de unos momentos un segundo gremlin salió del respiradero del techo y se dejó caer en la habitación, y un tercero llegó corriendo del pasillo rozando al padre de Dora al pasar junto a él. Los tres gremlins se apiñaron alrededor de la batería y se pusieron a roerla con fruición, para zamparse la deliciosa electricidad que circulaba por ella.

—¡Qué monos! —exclamó Teodoro—. Parece que son todos los que hay. Voy a mandarlos al Mundo de las Profundidades en un plis plas…

Al ir a acercarse a los gremlins, Charlie lo detuvo.

—¿Qué pasa?

—Deja que la desterradora haga su trabajo —dijo Charlie haciéndole a Violeta un gesto con la cabeza para que se preparara.

—¡Oh, venga! —se quejó Teodoro—. Yo puedo hacerlo. ¡No son más que gremlins, la basura del Mundo de las Profundidades!

—Ya lo sé, pero Violeta lo hace mucho mejor, al igual que tú abres portales mejor que ella.

—¡Abrir portales es para los blandengues! —refunfuñó Teodoro. Incluso seis meses después de haber estado preparándose en la Academia, lamentaba que la Trucha de la Verdad no lo hubiera elegido como desterrador, pero se apartó para dejar que Violeta se ocupara del asunto. Mientras ésta se acercaba a los gremlins, la daga vieja y picada que llevaba colgando del cinturón de los tejanos se puso a brillar con una débil luz de color azul eléctrico.

Los gremlins dejaron uno a uno de roer la bateria y se quedaron mirando a Violeta y la reluciente daga.

—¡Hola, colegas! —exclamó ella—. Y con una pasmosa rapidez agarró a dos de ellos por el pescuezo. Los gremlins forcejearon furiosamente intentando morderla con sus nauseabundas bocas—. ¡Como se os ocurra morderme os pego yo un mordisco! —les soltó amenazadoramente Violeta—. Teodoro, ¿puedes, por favor, agarrar al que queda? —le dijo señalando al tercer gremlin con la cabeza.

—¡Con mucho gusto!

Mientras Teodoro se acercaba al bicho, salió de pronto un tentáculo negruzco por debajo de la cama de Dora y, agarrando al gremlin con una pasmosa rapidez, se lo llevó a la oscuridad.

—¿Qué ha sido eso? —gritó Charlie.

El gremlin capturado se puso a chillar como si estuviera sintiendo un dolor horrible y de repente se hizo un tenebroso silencio que no presagiaba nada bueno.

Se oyeron crujidos de huesos partiéndose.

—Creo que voy a vomitar —dijo Dora agarrándose el estómago—. ¡Haced algo!

Pero antes de que les diera tiempo a reaccionar, salieron dos tentáculos más, le quitaron a Violeta los gremlins que sostenía por el pescuezo y se los llevaron a la oscuridad de debajo de la cama.

Se oyeron más chillidos. Más crujidos de huesos partiéndose.

—¿Qué es eso? —preguntó el padre de Dora con un hilo de voz.

—Voy a verlo —dijo Teodoro y, dejando el cuerno del pánico sobre la mesilla de noche, miró debajo de la cama.

—Ten cuidado —le advirtió Charlie.

—Eh, relájate tío. Soy invencible.

Una masa pesada y carnosa palpitaba suavemente en medio de la oscuridad. Era tan negra y reluciente como el petróleo. Tenía dos ojos rojos y una boca irregular llena de dientes torcidos y afilados. Cuando acabó de zamparse el último gremlin, su cuerpo se expandió hasta que su lomo resbaladizo y brillante topó con el somier de la cama.

—¡Eh, mirad! —exclamó Teodoro. ¡Debajo de la cama de Dora hay un oscuro! ¡Creo que es de la clase dos!

De pronto de la parte frontal de aquella masa inmunda y reluciente salieron tres tentáculos negros y húmedos y se enrollaron alrededor de la cara de Teodoro.

—¡Me ha cogido! —chilló el chico aterrado.

Y dando un tirón rápido y fuerte, el oscuro se llevó a Teodoro bajo la cama, hacia su boca babeante y dentuda…

2

El ataque de los peligruros

—¡Tocad el cuerno del pánico! ¡Tocad el cuerno del pánico! —chilló Teodoro mientras el oscuro abría de par en par su boca poblada de dientes relucientes para tragárselo.

—¡No es necesario, ya te tenemos! —gritó Charlie mientras él y Violeta se lanzaban a las piernas de Teodoro intentando liberarlo de aquellos terribles tentáculos negros, pero no lo consiguieron. Charlie se sorprendió al ver lo fuerte que era aquella masa asquerosa.

—¡No sirve de nada! —chilló Teodoro sintiendo en su cara el contacto de los restos húmedos de los gremlins colgando de los dientes de la insaciable criatura—. ¡Tocad el cuerno del pánico de una vez!

—¡Si lo tocamos, perderemos la oportunidad de aprobar el examen! —protestó Violeta.

—¡Y si no lo tocáis, será mi vida la que se perderá!

—Apartad la cama. Dejad el oscuro al descubierto —les dijo Charlie a Dora y a su padre.

El hombretón al oírlo pareció preocuparse.

—Pero ¿y si muerde…?

—¡Apartadla de una vez! —chilló Teodoro con una voz

tan demencialmente aguda que parecía la de una chica.

Dora y su padre agarraron la cama y la lanzaron hacia un lado, dejando al descubierto al oscuro que había debajo. En cuanto la luz de la habitación entró en contacto con él, el monstruo aulló de dolor y soltó a Teodoro, lanzando de espaldas por los aires a Charlie y Violeta, que tiraban de él con todas sus fuerzas. El monstruo volvió a ocultarse rápidamente en la oscuridad de debajo de la cama y se quedó palpitando silenciosamente en ella.

Se hizo un silencio sepulcral mientras todos recuperaban el aliento. Teodoro por fin habló.

—Cuando os digo que toquéis el cuerno del pánico, tocadlo y punto. ¿Me habéis entendido?

—¡La situación estaba bajo control! —repuso Charlie—. El oscuro estaba más interesado en mantenerse en la oscuridad que en ti. No te preocupes, no habríamos permitido que te comiera.

—¿Ah, sí? ¡Qué tranquilizador! Pues, entonces, ¿por qué no te metes tú debajo de la cama y le das un beso de buenas noches? No te preocupes, yo no dejaré que te coma.

—Y yo tampoco quiero que se zampe a mi hija —terció el padre de Dora—. ¿Cómo vais a deshaceros de eso?

—No tenemos ni idea. Sólo sabemos que la luz los mata, porque estos bichos la absorben, por eso brillan tanto en la oscuridad. Pero al exponerlos al sol, la luz es demasiado fuerte para ellos y se desintegran. Por desgracia, ahora es de noche —repuso Violeta.

—Podríamos esperar a que amaneciera —sugirió Teodoro.

—¿Y suspender el examen? Nos queda menos de una hora y el sol no saldrá hasta pasadas unas nueve horas.

—Pero en China ya es de día, porque está en el otro extremo del mundo —observó Charlie.

—¿Y qué? No creo que podamos llevar el oscuro a China —replicó Teodoro.

—No, pero si unimos nuestras fuerzas, podemos traer China al oscuro, o al menos el sol de este país.

Teodoro reflexionó un segundo.

—¡Tío, eres un geniazo! —exclamó con una sonrisa de oreja a oreja.

Tras intentarlo durante un minuto, Teodoro logró abrir un portal en el primer anillo del Mundo de las Profundidades.

—¡Buen trabajo! —exclamó Violeta.

El flacucho Teodoro se sonrojó de orgullo.

—Bueno, aún me falta mucho para ser un experto abridor de portales. Después de todo él es el DA —respondió señalando a Charlie con la cabeza.

El DA.

El Doble Amenaza.

Charlie odiaba la expresión. Nunca había pedido ser un Doble Amenaza (o un DA, como Teodoro insistía en llamarle), pero había nacido con esta facultad. Aunque para él ser un desterrador y un abreportales a la vez era más una maldición que una bendición. Todos los que tenían el Don sólo podían ser una cosa o la otra y ser distinto de los demás le hacía sentirse como un rarillo. En realidad, la directora de la Academia de las Pesadillas era la única otra Doble Amenaza que existía, lo cual le hacía sentirse más aún como un bicho raro.

—Quizá yo abra los portales un poco más rápido que tú —replicó Charlie poniéndose a la defensiva—, pero es bueno que los dos sepamos hacerlo, porque así podemos abrir más de un portal a la vez.

—Tío, dime algo que no sepa. Yo ya he abierto el mío. Ahora abre tú el tuyo —repuso Teodoro

—Vale, prepárate. ¡Ahí va! —respondió Charlie entrando al Mundo de las Profundidades por el portal que Teodoro había abierto. Extendió la mano y cerró los ojos. Al cabo de unos instantes aparecieron unas llamas de color púrpura crepitando frente a él y abrió un portal en lo alto de la Gran Muralla China. Unos turistas pertrechados con sus cámaras fotográficas pegaron un chillido al verlo y retrocedieron tambaleándose, asombrados por la imagen de otro mundo.

La brillante luz del sol penetró por el portal que Charlie había abierto e inundó el paisaje rocoso del primer anillo del Mundo de las Profundidades, para luego, pasando por el portal de Teodoro, iluminar el pequeño dormitorio de Dora.

El oscuro se agazapó en el fondo de la cama intentando protegerse desesperadamente de la luz.

—¡Sacad el colchón! ¡Exponedlo a la luz! —gritó Charlie.

Violeta agarró el desgastado colchón por un extremo y el padre de Dora por el otro.

—Cuando diga tres, lo sacamos. Una, dos... —dijo Violeta.

Los dos tiraron del colchón al mismo tiempo, exponiendo al oscuro agazapado debajo de la cama a la fuerte luz del sol. El monstruo aulló de dolor mientras la piel le hervía y le estallaba como las burbujas de una pizza de queso. Momentos más tarde se había convertido en un charquito negro como el petróleo que se fue filtrando por las tablas del suelo.

Todo el mundo se lo quedó mirando asombrado.

—¿Está...? —preguntó el padre de Dora.

—Sí. Está muerto —repuso Charlie—. ¡Todos habéis hecho un buen trabajo! —añadió agitando la mano y cerrando el portal de China. La brillante luz del sol desapareció como si la hubieran apagado dándole a un interruptor.

—¡Oh! —exclamó Dora mirando a su alrededor—. No me lo puedo creer. ¡Cuánta luz hay ahora en mi habitación!

—Cuando te deshaces de un oscuro, te deshaces de la oscuridad —explicó Charlie con una sonrisa burlona mientras cruzaba el portal de Teodoro para entrar en el dormitorio.

—Además —añadió Teodoro—, ahora que los gremlins están fritos, podrás volver a hacer tostadas, Dora, porque la electricidad ya vuelve a funcionar. ¡Y lo hemos hecho nosotros solitos! ¡Enhorabuena, adis!

Pero antes de que les diera tiempo a celebrarlo, un monstruo pestilente de pelo verde, grande como una nevera, cruzó de un salto el portal que Teodoro había abierto y aterrizó con un fuerte chasquido en el suelo de madera del dormitorio. Se mantenía derecho, como un canguro gigantesco, y tenía dos musculosas patas y una gran bolsa en su abultada barriga que le sobresalía asquerosamente, y de sus largos colmillos frontales le goteaba una sustancia espesa como el sirope.

—¿Qué es eso? —exclamó Violeta asustada.

De pronto aquella bestia la agarró con sus poderosas patas delanteras, la levantó en el aire con una pasmosa facilidad y se la metió en la bolsa de la barriga mientras ella gritaba. Después dio media vuelta y, cruzando de un salto el portal de Teodoro, huyó al Mundo de las Profundidades.

—¡Se la ha llevado! ¡Teodoro, toca el cuerno del pánico! —gritó Charlie.

—¡Oh, seguro!, cuando a mí casi me come un oscuro lo único que te he oído decir ha sido «No toques el cuerno del pánico», y ahora cuando es Violeta la que tiene problemas, parece como si fuera el fin del mundo.

—¡Venga! ¡Esa bestia se está escapando! ¡Toca el estúpido cuerno de una vez!

—Vale —respondió Teodoro cogiéndolo de la mesilla de

noche. Pero que conste que es como si los abreportales no valiéramos nada comparados con los desterradores. Como si nosotros fuéramos los enanitos y vosotros Blancanieves. Como si nosotros...

—¡Toca de una maldita vez el cuerno!

—¡Vale!

Teodoro tocó el cuerno del pánico.

Al cabo de unos instantes Rex entró corriendo en el dormitorio, seguido de Pinch y Tabitha.

—¿Qué ocurre? —gritó ella.

—¡Una de esas cosas ha agarrado a Violeta! —exclamó Charlie señalando a la monstruosa jauría de criaturas acercándose al portal abierto.

Rex frunció el ceño.

—¡Recórcholis, son peligruros! Y por el aspecto de sus colas parecen de la clase cuatro.

—El término correcto es brincadores del Mundo de las Profundidades —observó Pinch con desdén.

—¡Venga, Pinch!, todos sabemos que tanto si se trata de estúpidos brincadores, de acechadores o de murciélagos, todos son del Mundo de las Profundidades. ¿Es que no podemos llamarlos por su nombre y punto?

—¿Y a mí qué me cuentas, Rex?, no fui yo quien les puso ese nombre, sino el Departamento de las Pesadillas.

—¡Se han llevado a Violeta! —gritó Charlie—. ¿Podéis hacer algo de una vez, por favor?

—¡Claro, chico! Ven conmigo. Todos los demás quedaos aquí —ordenó Rex saltando por el portal al primer anillo.

Los peligruros apestaban tanto que al acercarse a ellos a Charlie se le empañaron los ojos.

—Parecen estar hambrientos —observó el chico echándose atrás.

—Sí. No hay nada que les guste más que tragarse una grande y suculenta hamburguesa McHumana —repuso Rex.

Charlie empalideció.

—¿Qué le va a pasar a Violeta?

—¡Oh, no te preocupes, chico!, primero les gusta ablandar la carne de su presa. Tu peligruro brincará un poco por ahí con ella metida en la bolsa. Seguramente no se la zampará hasta que hayan pasado cinco minutos. A Violeta aún le queda un poco de tiempo.

Se la zampará..., Charlie sintió náuseas al oírlo.

—Ahora prepárate —le dijo Rex lanzando el lazo, que fue volviéndose de color azul eléctrico—. Creo que ya he visto al bicho que vamos a montar. Sujétate a mi cintura, chico. Sujétate fuerte.

Charlie hizo lo que Rex le decía mientras el vaquero lanzaba el lazo. La cuerda le pasó por encima como un relámpago, atrapando por el cuello al peligruro que había más cerca, uno muy alto con el ojo derecho ciego y blancuzco.

—¡Lo tengo!

El peligruro pegó un impresionante salto en el aire arrastrando a Rex y Charlie como si fueran una lata atada al parachoques de un coche. Era tan potente que casi les dejó sin aliento. Mientras se elevaban, Charlie advirtió sorprendido que habían subido tan alto que ahora podía ver el primer anillo del Mundo de las Profundidades extendiéndose a sus pies como la manta azul de un picnic. De pronto divisó unos extraños destellos de color púrpura parpadeando como luciérnagas.

¡Son portales! Esos destellos rojizos son los portales que abren los niños que tienen pesadillas, pensó sorprendido al comprender lo que eran.

—¡Sujétate fuerte, chico! —gritó Rex mientras el peligruro descendía al suelo a una velocidad escalofriante—. ¡Esta parte es la más difícil!

Charlie se agarró con fuerza a la cintura de Rex mientras el vaquero recogía la cuerda hasta agarrarse al pestilente pelo del lomo del peligruro. El monstruo aterrizó en el duro suelo absorbiendo el impacto con sus musculosas patas a modo de pistones. Luego volvió a brincar cobrando gran altura de nuevo. Rex apretó el lazo que despedía una viva luz azulada alrededor del cuello del peligruro para que no pudiera respirar.

—¿Qué estás haciendo? —gritó Charlie.

—Voy a domarlo como si fuera un caballo salvaje, a mostrarle quién es el que manda —gritó Rex.

El peligruro, forcejeando para soltarse del lazo, aterrizó de nuevo en el suelo, aunque en esta ocasión lo hizo con menos elegancia. Se tambaleó hacia delante durante unos instantes y luego recuperó el equilibrio. Charlie se agarró con todas sus fuerzas a Rex mientras el vaquero tiraba del lazo.

—¡Ríndete de una vez, bicho pestilente! ¡Conmigo no vas a poder!

Rex apretó más aún la cuerda en el pescuezo del monstruo, Charlie sintió el olor a pelo chamuscado. El peligruro corcoveó, intentando quitárselos de encima, pero Rex se mantuvo pegado a su lomo.

—¿Vas a rendirte de una vez? —gritó Rex.

El peligruro gruñó y, girando el cuello, intentó morderle en la pierna, pero el vaquero le propinó una patada en la nariz y tensó más aún el lazo.

—¡Te he dicho que te rindas!

Por fin el monstruo dejó de forcejear.

—¡Ya está! —exclamó Rex secándose el sudor de la frente con el antebrazo—. ¿Hacia dónde fue el que se llevó a Violeta?

Charlie le señaló la dirección.

—¡Pues vayamos a buscarla! ¡Yi-haaa! —exclamó Rex golpeando con los talones al peligruro en las costillas para que echara a correr.

El monstruo se lanzó en el aire como una bala de cañón, persiguiendo al que había raptado a Violeta. La subida fue tan escalofriante que a Charlie se le pusieron tensas las mejillas y se le cortó la respiración, y al descender el estómago le dio un vuelco como si estuviera cayendo al vacío. La distancia entre las dos bestias se fue reduciendo por momentos hasta quedar una al lado de la otra.

—¡Violeta! ¿Estás bien? —gritó Charlie.

Ella logró sacar la cabeza del sofocante pliegue de piel de la barriga del monstruo.

—¡Charlie! ¿Qué debo hacer?

—¡Sujétate fuerte! ¡Vamos a rescatarte!

—¡Estupendo! ¿Cómo vais a hacerlo?

Charlie cayó en la cuenta de que no tenía ni idea.

—Ahora prepárate, chico —le dijo Rex—. En cuanto lo libere del lazo, el peligruro va a intentar derribarnos de su lomo.

—¿Qué quieres decir? ¿Que vamos a caer?

—¡Claro que no! ¿Qué clase de estúpido plan sería ése? —exclamó Rex poniendo los ojos en blanco—. No, cuando nos haga saltar del lomo, nos lanzaremos sobre el peligruro que se ha llevado a Violeta.

—Pero ¿y si fallamos? ¡Es un salto casi imposible!

—¡Por eso es perfecto para un desterrador! Los abreportales se valen del miedo para abrirlos, en cambio los desterradores usamos todo el valor que podemos reunir para hacer nuestro trabajo. Lo más curioso es que sólo somos valientes cuando algo nos da mucho canguelo, o sea que cuanto más escalofriante es el desafío, ¡más valientes somos!

Y tras decir estas palabras, Rex soltó el lazo del pescuezo del peligruro y él y Charlie saltaron por los aires. Mientras descendían en medio del vacío y el peligruro que había capturado a Violeta saltaba hacia arriba a su lado, tan cerca de ellos que Charlie sintió el áspero pelo del monstruo rozándole la mejilla, Rex echó el lazo al cuello del monstruo. El peligruro los levantó con tanta fuerza que por poco Charlie se suelta del cinturón de cuero del vaquero.

—¡Eh, chico, no me bajes los pantalones! —gritó Rex.

—No lo hago adrede, es que apenas puedo sostenerme.

—¡Pues agárrate fuerte, porque voy a derribar a este bicho!

Con Charlie abrazado a su espalda, Rex fue recogiendo la cuerda hasta agarrarse al lomo del peligruro, y entonces apretó el lazo más aún. El monstruo aulló e intentó morderle, pero él no cedió un ápice.

—¡No vas a poder conmigo, majo!

Al final dejó de intentar morderle y Charlie vio por la expresión del monstruo que se rendía.

—¡Se está rindiendo!

—Está empezando a hacerlo, pero aún no lo hemos conseguido del todo. ¿Estás bien, Violeta? —dijo Rex.

—No puedo… respirar —repuso ella con la voz entrecortada. El monstruo había cerrado la bolsa en la que la llevaba y Charlie podía ver la forma de su cuerpo revolviéndose dentro.

—¡No te preocupes! ¡Vamos a sacarte de ahí enseguida, lo tenemos todo bajo control! —gritó el chico.

De repente oyeron un chillido espeluznante en lo alto del cielo. Al girar la cabeza, Charlie vio un murciélago gigantesco bajando en picado por el cielo encapotado batiendo furiosamente sus enormes alas correosas.

—¡Oh, no! —exclamó Rex mientras la monstruosa criatura voladora agarraba al peligruro por la cabeza con sus mugrientas garras. El peligruro se agitó y se contrajo espasmódicamente mientras el murciélago se lo llevaba a él, y a sus desafortunados pasajeros, a gran altura.

—¡Eh, chico! ¡No digas nunca que la situación está bajo control hasta que la tengamos controlada! —gritó el vaquero.

—¡Lo siento! —repuso Charlie sacando su estoque, que despedía una luz azulada.

—¿Para qué es eso? —preguntó Rex desconcertado.

—Violeta se está ahogando. Tenemos que hacer algo —respondió Charlie.

—¿Como qué? ¡Estamos a más de un kilómetro del suelo!

Era verdad. El murciélago había ascendido tanto que Charlie podía ver los cinco anillos del Mundo de las Profundidades extendiéndose a sus pies como el juego de mesa más aterrador del mundo.

—¿No me dijiste que un plan imposible era el plan perfecto para un desterrador? —preguntó Charlie.

—Sí, chico, pero estaba exagerando.

—Lo siento, pero no he oído la última parte.

Blandiendo con fuerza el estoque, Charlie le rebanó las garras al murciélago. La criatura alada chilló de dolor mientras el peligruro caía en picado a gran altura, con Charlie, Rex y Violeta a bordo, hacia las rocas.

3

Un plan perverso

C harlie oyó el viento silbando contra su rostro. Se estaban acercando al rocoso suelo del Mundo de las Profundidades a una escalofriante velocidad y sabía que si no hacía algo, iban a estrellarse en el primer anillo.

—¡Si tienes un plan, chico, ahora es el momento de ponerlo en práctica! —gritó Rex.

Charlie tenía uno, pero era un plan desesperado.

Cerrando los ojos, extendió la mano derecha y empezó a abrir un portal. Unas llamas purpúreas aparecieron crepitando frente a él. Justo en el instante en que Charlie, Rex y Violeta iban a estamparse contra la superficie desértica y lunar del primer círculo, se abrió un portal bajo ellos. Pasando por él, cayeron en el agua turbia de la piscina que había frente al bungaló de Dora, levantando una gran explosión de agua.

El peligruro fue el que recibió la mayor fuerza del impacto y Charlie sintió cómo la caja torácica del monstruo se quebraba como las púas de un viejo peine de plástico. El agua que había saltado les cayó encima mientras se hundían hasta el fondo turbio y verdoso de la piscina. En aquel instante a Charlie le vino un pensamiento a la cabeza.

¡Violeta!

¿Estará viva? Habrá sobrevivido al impacto?

Nadó frenéticamente debajo del peligruro e intentó abrir la bolsa del monstruo para sacar a Violeta, pero los músculos de la barriga de la bestia se habían contraído con el golpe de la caída y la bolsa se había cerrado herméticamente, como la cámara acorazada de un banco. Charlie, rodeando con las piernas el pecho del monstruo, intentó abrir la bolsa con todas sus fuerzas, pero no lo logró.

Violeta.

¡Ojalá esté viva...!

De pronto vio una reluciente daga azul cortando la correosa piel del estómago del monstruo y comprendió que Violeta la estaba usando para salir de aquella prisión carnosa. El agua de la piscina se tiñó con la sangre oscura que manaba de la herida del monstruo, pero el arma de Violeta brillaba a través de la oscuridad como un faro. Charlie agarrándola por el brazo, tiró de ella para sacarla por el corte que había hecho en la bolsa. Al salir a la superficie, respiraron a bocanadas el aire fresco y delicioso de la noche.

—¡Gracias! Podía haber muerto —exclamó Violeta con un brazo aún alrededor de Charlie.

—¡Oh, de nada! —repuso él sonrojándose—. Bueno, no quiero decir que no sea nada que estés viva. Eso es una gran cosa. Lo que quiero decir...

—¡Ahí estáis!

Al girar la cabeza, Charlie vio a Teodoro corriendo hacia ellos desde el bungaló, seguido por Tabitha, Pinch, Dora y el padre de la niña. Su amigo brincaba loco de alegría.

—¡Sabía que sobreviviríais! ¡Genial! ¡Nunca lo dudé!

—Sí, hemos sobrevivido. Pero por un instante creí que no lo contábamos —dijo Rex saliendo trepando de la piscina.

—¿Y el monstruo? —preguntó Dora con inquietud.

—Está muerto —afirmó Charlie mientras junto con Violeta le tendía las manos a Rex para sacarlo del agua—. Creo que ha muerto a causa de la caída.

De repente el peligruro herido —que sin duda seguía vivo— salió del turbio fondo de la piscina en medio de una explosión de agua. Trepando al borde de la piscina, intentó frenéticamente mantenerse en pie sobre las resbaladizas baldosas, pero perdió el equilibrio y volvió a caer a las oscuras profundidades lanzando un aullido. Antes de que le diera tiempo a intentar escapar de nuevo, Tabitha abrió rápidamente un gran portal en el fondo de la piscina. El agua se precipitó por la entrada y, como si fuera el agujero de un váter gigantesco, se tragó al peligruro llevándoselo al Mundo de las Profundidades.

Tabitha agitando con rapidez la mano, cerró el portal. La piscina se había quedado vacía.

—Ahora sí que está muerto —exclamó Rex—. O al menos se ha ido. Chico, a partir de ahora te prohíbo que digas cualquier cosa que se parezca, aunque sea remotamente, a «la caída lo ha matado», «la situación está bajo control» o «todo va bien». ¿Me has comprendido? —le dijo a Charlie.

—¡Claro!

Rex le hizo un juguetón guiño mientras Violeta se arrodillaba frente a Dora.

—¿Estás bien? ¿Aún te da miedo ir a tu dormitorio? —le preguntó.

—Un poco. ¿Qué pasará si tengo otra pesadilla?

—No te preocupes. Me tienes a mí. Y ahora que sé lo que ocurre, no dejaré que vuelva a pasar —repuso su padre dando unos golpecitos con el bate de béisbol en la rolliza palma de su mano.

—Y nosotros vendremos a verte de vez en cuando para comprobar que todo va bien —añadió Violeta acariciando el sedoso pelo de Dora—. Pronto serás lo bastante mayor como para estudiar en la Academia. ¿Te gustaría?

Dora asintió con la cabeza.

—Quiero ser como todos vosotros.

—Si vas a la Academia, un día lo serás —le aseguró Violeta.

—¡Qué bien!

Charlie se preguntó por qué sinuoso camino el Don llevaría a aquella niña. ¿Sería una desterradora y usaría sus habilidades para luchar contra los monstruos de sus pesadillas? ¿O una abreportales que evocaría sus peores miedos para abrir portales y viajar a través de ellos a la terrible ferocidad del Mundo de las Profundidades?

Tanto si era una cosa como la otra, Charlie la comprendía perfectamente. Sabía lo difícil que era ser un niño y tener miedo de los horrores que podías evocar a altas horas de la noche, solo en la oscuridad…

—Creo que ya hemos tenido bastantes dramas por hoy —dijo Tabitha con una sonrisa—. ¿No os parece, adis? —les dijo a Charlie y a los demás.

—¡El adi Teodoro Dagget! —vociferó el flacucho chico—. ¡A partir de ahora me tendréis que llamar así, porque éste es mi nombre!

—¡Espera un momento! Técnicamente hablando, habéis suspendido el examen. Habéis tocado el cuerno del pánico —le soltó Pinch.

—Sí, pero lo hicimos porque Violeta podía morir —repuso Charlie.

—Aun así, habéis roto las normas. Un verdadero adi habría sabido resolver la situación sin ayuda.

—¡Venga, Pinch! ¡No seas ridículo! —rugió Rex—. La prueba era para determinar si los chicos podían ingeniárselas para a desterrar a un bichejo de la clase uno y no a uno de la clase cuatro! ¿Y qué diantre hacía uno de la clase cuatro en el primer anillo?

—Esto no tiene nada que ver —respondió Pinch.

—Rex tiene razón —afirmó Tabitha—. En la prueba sólo podía haber un monstruo de la clase uno. ¿Cómo puede ser que hubiera uno de la clase cuatro? Es la primera vez que veo uno en el primer anillo.

—Y no sólo eso —añadió Charlie—, sino que se supone que esas criaturas se escapan del Mundo de las Profundidades y entran en la Tierra, ¿verdad? Pues el peligruro no hizo eso, porque salió del Mundo de las Profundidades, se apoderó de Violeta y volvió a meterse en él. No tiene ningún sentido —observó encogiéndose de hombros—. Me refiero a que ¿adónde la llevaba?

—Eso es exactamente lo que me preguntaba mientras estaba en la bolsa del peligruro —dijo Violeta.

Todo el mundo se giró hacia ella.

—¿Y qué es lo que el bicho te dijo? —preguntó de pronto Rex.

—No era fácil entenderlo, porque se comunicaba con gruñidos, pero me pareció comprender que me llevaba al Guardián.

Rex, Tabitha y Pinch se miraron preocupados.

—¿Estás segura? —le preguntó Tabitha.

—Creo que sí —repuso Violeta encogiéndose de hombros.

¿Quién diablos es el Guardián?, pensó Charlie. *¿Y por qué todo el mundo se ha puesto de pronto tan serio?*

—¡Madre mía! —exclamó Rex—. ¿Estoy pensando lo que estoy pensando?

Tabitha asintió con la cabeza.

—Será mejor que vayamos a ver a la directora.

Tabitha abrió un portal.

—Eso si que es causa de gran alarma —afirmó la directora de la Academia de las Pesadillas después de que Charlie le contara lo ocurrido, mientras acariciaba distraídamente a su mascota, una serpiente que colgaba de la barandilla de madera en la primera planta de su cálido y agradable estudio, abarrotado de todo tipo de objetos.

—¿Qué piensa? ¿Cree que un nominado está detrás de esto? —le preguntó Rex.

La directora Brazenhope asintió con la cabeza.

—¡Oh, sin duda! Slagguron y Tyrannus hace siglos que intentan escapar del Mundo de las Profundidades. Si están haciendo lo que creo que están haciendo, puede que al fin hayan encontrado el modo.

—¿Slagguron y Tyrannus? —preguntó Charlie. Había oído estos nombres seis meses antes, cuando estuvo a punto de morir mientras se enfrentaba a Barakkas y Verminion, dos de los cuatro Señores del Mundo de las Profundidades, pero por suerte él, sus amigos y sus padres consiguieron escapar con vida. Aunque Barakkas y Verminion lograron entrar en la Tierra, sabía que los otros dos nominados (Slagguron y Tyrannus), seguían aún encerrados en el Mundo de las Profundidades, donde vivían en sus oscuros y colosales palacios.

—¿Qué harán si logran entrar en la Tierra? —preguntó Violeta.

—Llamar al Quinto —repuso Charlie en voz baja.

El corazón se le encogió sólo de pensar en él. Cada nominado poseía un objeto del Mundo de las Profundidades. El de Barakkas era el gigantesco brazalete de metal que llevaba en la muñeca, y el de Verminion, una gruesa gargantilla alrededor del cuello. Charlie ignoraba la clase de objetos que los otros nominados tenían, pero sabía que, si los cuatro conseguían reunirse en la Tierra, al unir sus objetos podían llamar a una criatura apodada «el Quinto».

—¿Qué es exactamente el Quinto? —preguntó Violeta.

—Aún no lo sabemos. Pero si los nominados quieren traerlo a la Tierra, debe de ser un monstruo de una perversidad inimaginable —aseguró la directora.

—¡En ese caso le daremos un buen palizón! —soltó Teodoro.

Todo el mundo se giró hacia él.

—¡Oh, bueno, será mejor que cierre el pico! —exclamó Teodoro soltando una risita nerviosa y fingiendo sellar sus labios con un candado y tirar la llave.

—Seguramente están tramando un plan para que Slagguron y Tyrannus puedan escapar del Mundo de las Profundidades y reunirse con Barakkas y Verminion en la Tierra —prosiguió la directora—. En estos momentos el Guardián es el único que puede evitarlo.

—¿Quién es el Guardián? —preguntó Charlie.

—Una criatura muy inusual con una facultad excepcional: cualquier monstruo que se acerque a él queda hecho fosfatina en el acto. Protege una zona estratégica entre la Tierra y el Mundo de las Profundidades llamada la Anomalía. Slagguron y Tyrannus están desesperados por cruzarla y entrar en la Tierra, pero mientras el Guardián siga en ella, no pueden hacerlo.

—Lo que no entiendo es qué tiene que ver todo esto con los peligruros raptando niños —dijo Violeta.

—Es muy sencillo. Al igual que el Guardián es venenoso para los monstruos, los humanos también lo somos para el

Guardián. Un simple contacto físico con un ser humano bastaría para matarlo.

—Por eso creemos que los nominados planean secuestrar niños mientras tienen pesadillas y llevarlos cerca del Guardián —añadió Tabitha.

—¡Claro! Entonces los niños irán corriendo al Guardián para que los proteja y, al tocarlo, lo matarán, y Slagguron y Tyrannus podrán cruzar la Anomalía y entrar en la Tierra. ¡Qué plan más brillante! —exclamó Teodoro.

Violeta se lo quedó mirando boquiabierta.

—¡Qué plan más asqueroso y perverso!

—La pregunta del millón es si aún nos queda tiempo para hacer algo —terció Rex rascándose su rasposo mentón—. Me refiero a si Slagguron y Tyrannus habrán entrado ya adonde está el Guardián.

—Vamos a averiguarlo —respondió la directora dirigiéndose al centro de su estudio. El vestido blanco que llevaba ondeó tras ella realzando su bonita piel oscura, del color del azúcar a punto de caramelo. Extendió la mano derecha. Al instante crepitaron unas llamas purpúreas frente a ella.

—¿Qué está haciendo? —preguntó Teodoro.

—No tengo ni idea —repuso Charlie encogiéndose de hombros.

—Será mejor que retrocedamos, puede que la situación se ponga fea —dijo Rex sacando su reluciente daga.

Charlie sabía por experiencia que cuando Rex decía que la situación podía ponerse fea, podía ser muy fea. Él, Teodoro y Violeta retrocedieron.

—Preparaos —ordenó la directora misteriosamente—. Abrió un portal con increíble facilidad. Charlie vio a través de él los cortantes cristales color mostaza reluciendo tenebrosamente en el Mundo de las Profundidades.

—¡Es el quinto anillo! ¿Por qué ha abierto un portal en él? —preguntó Teodoro susurrando.

Antes de que alguien pudiera aventurar una respuesta, un lenguaplateada de la clase 5 se deslizó por el portal entrando en el estudio de la directora. Era como un escorpión gigantesco, con el aguijón venenoso de la cola levantado por encima de la cabeza, listo para atacar. La daga de Rex despidió una intensa luz azul mientras avanzaba hacia al monstruo para rechazar su ataque, pero antes de que le diera tiempo a acercarse a él, el lenguaplateada chilló de dolor y se derrumbó en el suelo del estudio estremeciéndose.

—¿Qué le ha ocurrido? —preguntó Violeta sorprendida.

—Es el efecto que les produce el aura del Guardián a los monstruos del Mundo de las Profundidades —repuso Tabitha—. Así es cómo nos protege de ellos, mientras el Guardián esté sano, no puede entrar ninguna criatura del Mundo de las Profundidades en la Academia.

Pero esta información dejaba una enorme pregunta en el aire: «¿Cómo podía el aura del Guardián proteger la Academia?» La Academia no se encontraba en el Mundo de las Profundidades y el Guardián tampoco estaba cerca de ella, o al menos eso era lo que Charlie creía. ¿Cómo podía entonces protegerla el Guardián con su aura?

Mientras le daba vueltas al asunto, Rex se acercó al lenguaplateada que se retorcía de dolor en el suelo y lo empujó con todas sus fuerzas al Mundo de las Profundidades por el portal que la directora había abierto. Agitando la mano, ella lo cerró en el acto.

—Como las defensas de la Academia siguen funcionando a la perfección, sabemos que el Guardián está sano y salvo, pero no lo estará por mucho tiempo. Al final los nominados acabarán exponiéndolo a un ser humano… a no ser que se lo impidamos —observó la directora.

Pero antes de que Charlie pudiera preguntar cómo iban a hacerlo, otro portal se abrió de pronto en la habitación y un hombre muy corpulento salió de él. Era largo e iba muy tieso, como el mandoble que llevaba enfundado en uno de los costados.

—¡Papá! —exclamó Teodoro.

Aquel hombre se giró y examinó a su hijo en silencio.

—Teodoro —dijo por fin sin demasiada emoción—. Has crecido.

—¡Gracias!

—Estás más alto, pero no has echado carnes. ¿Cómo esperas empuñar un arma si sigues tan delgado como siempre?

Teodoro se llevó una decepción.

—Pero, papá…, ya sabes que no soy un desterrador. Soy un abreportales, ¿lo recuerdas?

—¿Cómo podría olvidarlo? —se lamentó el padre sonriendo tristemente.

A Charlie siempre se le revolvía el estómago al ver cómo era tratdo por su padre Teodoro. Aunque su hijo no fuera un desterrador como los otros miembros de la familia Dagget, era un abreportales increíble. ¿Es que esto no contaba para nada?

—¿Qué le trae por aquí, William? —le preguntó la directora.

—Llámeme general Dagget, si no le importa.

—¡General! —soltó Teodoro—. ¡No me lo puedo creer! ¡Enhorabuena, papá!

—Gracias —repuso William sin inmutarse.

—¿En qué puedo ayudarle…, general? —le preguntó la directora.

—El director Drake quiere que vaya a verle enseguida.

—Excelente. Hay muchas cosas de las que quiero hablar con él. En el Mundo de las Profundidades hay un terrible problema.

—Pues ustedes también tienen uno —observó William mirando a los demás.

—¡Genial! —refunfuñó Rex—. No hay nada que me guste más que me obliguen a ir al despacho del director. ¿Nos va a dar unos palmetazos? ¿O a castigar de cara a la pared con unas orejas de burro?

—Pues ya puede darse por contento si sólo les hace eso —repuso William—. No recuerdo haberlo visto nunca tan furioso.

4

EL RECORDADOR FURIOSO

Nada cambiaba en el Departamento de las Pesadillas tanto de día como de noche. El edificio, un lugar sin ventanas y aséptico, estaba lleno de aparatos eléctricos parpadeando y chirriando y de desterradores y abreportales apresurándose a resolver algún desastre o escoltando a algún monstruo del Mundo de las Profundidades a una de los cientos de cámaras de la segura sección donde los encerraban.

—Es mejor que sea yo la que hable —dijo la directora mientras recorrían un laberinto de pasillos que se conocían al dedillo—. Creo que todos sabemos lo difícil e imprevisible que es el director.

—¡Claro que lo sabemos! Ese tío está como una regadera —se quejó Teodoro.

De súbito, un arrojador de ácido de la clase 3 custodiado por cuatro desterradores se liberó del bozal que le habían puesto y les arrojó ácido mientras pasaban. La directora sin cambiar siquiera el ritmo de sus zancadas abrió un portal entre el grupo y el monstruo e impidió que el corrosivo líquido los dañara, haciéndolo caer al Mundo de las Profundidades. Los desterradores redujeron enseguida al arrojador de ácido y la directora cerró el portal.

Charlie se quedó maravillado de lo poderosa y rápida que era, como le había ocurrido tantas otras veces.

—Ya hemos llegado —anunció la directora deteniéndose en una reluciente puerta de acero en la que ponía: «DESPACHO DEL DIRECTOR: PRIVADO». No olvidéis que, ocurra lo que ocurra, yo me ocuparé de la situación.

El director de la Academia de las Pesadillas era un hombre alto de cabello y ojos grises . En realidad, todo él era tan gris que casi parecía fundirse con las paredes de metal de sus aposentos. Mientras miraba a Charlie por encima de su larga y aguileña nariz, se puso a repiquetear con sus cuidadas uñas sobre el escritorio cromado.

—Charlie Benjamin —le dijo despacio—. Me acuerdo perfectamente.

A Charlie se le heló la sangre en las venas.

—¿Se acuerda perfectamente? —repitió sin saber a qué se refería.

—Sí —repuso el director saboreando las palabras como si fueran un caramelo al que le estuviera sacando unos nuevos sabores al chuparlo con fruición—. Me acuerdo de cuando dejaste entrar a Barakkas en nuestro mundo a pesar de mis serias advertencias. Recuerdo que dije que debían reducirte para que no volvieras nunca más a perjudicarnos. Recuerdo que tus amigos y tus profesores salieron en tu ayuda a pesar de mis órdenes. En resumen, me acuerdo… de todo.

Charlie sintió que se estaba mareando. Quería desesperadamente sentarse, poner la cabeza entre las rodillas, cerrar los ojos y fingir que no era más que una pesadilla, pero sabía que la situación era real.

Por desgracia, todo lo que el director le acababa de decir era verdad: había dejado que Barakkas entrara en la Tierra para reunirse con Verminion. Aunque por supuesto no lo había hecho aposta. Su poder era tan grande que, al afrontar una situación que le producía un estrés horrible, había abierto sin querer un portal en el Círculo Interior del Mundo de las Profundidades y Barakkas había entrado por él.

Por eso el director había exigido que lo «redujeran», un curioso nombre para una operación quirúrgica de lo más brutal que le habría extirpado su facultad para abrir portales o desterrar monstruos. A Pinch le habían sometido a ella de niño y lo habían convertido en una persona amargada y sin poderes. Pero la directora, Rex y Tabitha se habían negado en redondo a que le sucediera lo mismo a Charlie y por eso el director ahora se las tenía jurada a todos ellos.

—Seguramente te estarás preguntando cómo puedo acordarme de todo —dijo el director levantándose de detrás del escritorio y dirigiéndose hacia ellos. Se pasó sus largos dedos a modo de peine por el pelo canoso engominado hacia atrás, liberando el aroma de la gomina, que olía a almendras—. Dios sabe que removisteis cielo y tierra, y todos los otros lugares, para que me olvidara de ello.

Pero ahora se acordaba de todo.

Las brujas, pensó Charlie sintiendo que se le revolvía el estómago. *Sabe que lo llevamos a las brujas del Vacío.*

—Seguramente creíais ser muy listos al hacer que la Reina de las Brujas me arrebatara todos los recuerdos de vuestras fechorías —observó el director frunciendo tanto el ceño que sus ojos se convirtieron en dos rendijas—. ¡Qué brillantes creísteis ser! ¡Qué plan más genial pensasteis haber tramado!

—¿De qué está hablando? —susurró Teodoro.

—Ni idea —repuso Violeta encogiéndose de hombros.

Pues yo sí que lo sé, pensó Charlie tristemente.

Él no estaba allí cuando la directora, Rex y Tabitha habían secuestrado al director y se lo habían entregado a la Reina de las Brujas, pero había visto lo que esta pestilente criatura podía hacer. Volaba hacia ti con sus alas correosas, te rodeaba con ellas e, inclinando hacia atrás la cabeza verde y escamosa, sacaba de su boca poblada de dientes una lengua increíblemente larga y te la metía dentro de la oreja hasta el fondo, y entonces te chupaba con fruición...

¡Tus recuerdos!

Se los zampaba como si fueran bombones y al terminar los habías perdido para siempre.

Salvo en esta ocasión.

La Reina de las Brujas le había quitado al director todos los recuerdos de Charlie y sus amigos..., pero algo había hecho que los volviera a recuperar.

—¿Cómo es posible? ¿Cómo puede acordarse? —preguntó Charlie desconcertado.

—Mira a tu alrededor —repuso el director Drake señalándole unos sofisticados aparatitos del Departamento de las Pesadillas—. Todo cuanto ocurre en esta habitación queda grabado y clasificado. Sólo era cuestión de tiempo antes de que los miembros del consejo me mostraran las grabaciones... que me recordaron lo que me habías hecho, lo que todos vosotros me habíais hecho. ¿O acaso creías que nunca lo descubriría? —añadió acercándose tanto a Charlie que éste incluso pudo ver las manchas de café en los dientes del director.

—¡Claro que sabíamos que ibas a descubrirlo! —respondió la directora sobresaltando al chico, que se había olvidado de que ella se encontraba en la habitación.

—¿Y qué planeabais hacer entonces?

—Pues volver a llevarte con la Reina de las Brujas, por supuesto. Para que borre tus recuerdos, como siempre hacemos.

—Como siempre… —el director se puso blanco como la cera. Con su pelo gris y sus ojos grises, parecía el hombre de hojalata de una horrible versión de *El mago de Oz*—. Seguro que no lo dices en serio…

—¡Oh, Reginaldo —le interrumpió la directora—. ¡No me digas que crees que es la primera vez que lo recuerdas! ¿Por qué el consejo iba a esperar seis meses para mostrarte las grabaciones sobre nuestras discrepancias? Lo hicieron enseguida, y nosotros por supuesto te llevamos en el acto con la Reina de las Brujas para que te quitara los recuerdos de nuevo.

—¿Qué? —exclamó el director con un grito ahogado. Charlie casi sintió lástima por él—. ¿Cuántas veces habéis dejado que esa… monstruosa criatura… me los quite?

La directora se puso a cavilar.

—Pues no sabría decirte. He perdido la cuenta…

—Siete —terció Rex—. Al menos son las veces que recuerdo.

—Siete, sí —afirmó la directora asintiendo con firmeza con la cabeza—. Creo que ésas han sido las veces que te hemos llevado.

—¿Me lo habéis hecho siete veces?

—Sí, y es tan desagradable para nosotros como estoy segura que lo es para ti. Por desgracia, la rabia que sientes hacia Charlie Benjamin nos ha obligado a hacerlo. Sin duda es un problema que debemos resolver, pero ahora no tenemos tiempo, debemos ocuparnos de algo más importante. En el Mundo de las Profundidades está ocurriendo algo que puede llegar a ser catastrófico. El Guardián…

—¡Me importa un bledo el Guardián! —gritó el director Drake hecho un basilisco—. ¡Lo único que quiero es veros sufrir el castigo que os merecéis!

Y sin decir una palabra más, pulsó un botón de debajo del escritorio. Las luces rojas parpadearon en todo el Departamento de las Pesadillas y sonó la alarma.

—¡Ha activado la alarma! ¡Nos van a descubrir! —gritó Violeta.

—¡Oh, eso espero! —le soltó el director—. Pero no te preocupes, jovencita, te haré el favor de enviarte la última a la sala de reducción.

—¡Voy a por él! —gritó Teodoro corriendo hacia el director, pero Charlie lo retuvo.

—Tranquilo, retoño —exclamó Rex sacándose el lazo del cinturón—. No nos va a ocurrir nada, confiad en mí. ¿Quieres abrir un portal, cariño? —le dijo a Tabitha.

—¿Adónde vamos?

—A ver a las brujas, por supuesto.

El director Drake retrocedió con pasos tambaleantes, apoyándose en el borde del escritorio para no caer.

—¡No… esto es una traición!

—Cada vez dice lo mismo —dijo Rex riéndose entre dientes. Y con un rápido movimiento de muñeca, lanzó el lazo a través del estudio y rodeó con él al director por el pecho, inmovilizándole los brazos a los lados.

—Venga, vamos, colega. Tienes una cita con una hermosa dama.

Cuando el grupo abrió un portal en el imponente salón de baile de la ruinosa casa señorial de la Reina de las Brujas en el Mundo de las Profundidades, ella se estaba cortando las uñas de los pies con los dientes. Los miró desde su cochambroso trono, pero siguió royendo una uña especialmente gruesa y rebelde como si la llegada de los humanos no la hubiera sorprendido. Estaba rodeada de varias brujas ataviadas con mugrientos vestidos de noche que peinaban su pelo enmarañado con exquisitos peines de plata.

—¡Puaj! —exclamó Teodoro mirando a su alrededor con asco—. ¡Qué lugar más horrible!

—¡No me digas! —le soltó Violeta.

—Ya hemos vuelto —dijo Rex empujando al director atado con el lazo hacia la Reina de las Brujas.

La Reina de las Brujas logró al fin cortar con los dientes la resistente uña del pie y la escupió en el salón de baile con una sorprendente fuerza. La media luna dura y amarillenta se clavó como un dardo en la exquisita repisa de madera tallada de la chimenea.

—¡Ya lo veo! —repuso ella pasándose la lengua por sus negruzcos labios—. Y me habéis vuelto a traer al director.

—Así es. Espero que tengas hambre —dijo la directora acercándose a aquella monstruosa parodia de mujer.

—Yo siempre estoy hambrienta —respondió la Reina de las Brujas. De pronto pegó un chillido de dolor—. ¡Ten más cuidado con ese nudo! —le espetó a la bruja de la izquierda que la estaba peinando, y agitando la mano con un certero movimiento, le cortó el cuello de cuajo con sus afiladas uñas. De la mortal herida manó un chorro de sangre negruzca y la bruja se desplomó sin vida en el suelo, soltando el peine de plata, que cayó al suelo con un tintineo—. ¡Es imposible encontrar una buena bruja de compañía! —soltó la Reina con un suspiro de hartazgo elevándose en el aire con sus correosas alas y levantando tanto polvo que el salón de baile parecía una pradera de Texas—. Les pides que tengan cuidado, pero siempre acaban haciéndote daño. Yo soy una flor muy delicada, ya lo sabéis.

—Una muy bonita —terció Rex esbozando su mejor sonrisa.

—¡Oh! ¡Gracias, encanto! —repuso la espeluznante criatura soltando una risita de adolescente que hizo que a Charlie se le removiera el estómago.

—¡Yo sólo estoy diciendo la verdad, señora!

—¡Señora! —aulló la Reina de las Brujas—. Me encanta que me llames así—. ¿Estás seguro de que no quieres dejarme saborear uno de esos deliciosos recuerdos encerrados en tu bonito cráneo? ¿Un sabroso bomboncito de tu pasado? —añadió bajando en picado hacia él y rozándole la oreja con sus negros labios—. ¿Tu primer beso quizá? —susurró con una voz nauseabundamente empalagosa.

—Me temo que tenemos un asunto más importante del que ocuparnos —observó la directora.

—¡Puaj! ¿No querrás que vuelva a chuparle la memoria a esta vieja y malhumorada momia, verdad? —dijo señalando con la cabeza al director—. Ya sabes que no pienso hacerlo. El odio que siente por ese chico es muy antiguo. Es el recuerdo del recuerdo de un recuerdo. Ya no lo odia de verdad, sólo sabe que debe hacerlo.

—¿Es verdad? —le preguntó Charlie al director.

—¡Claro que no! —replicó éste—. Quiero decir… ¿No creéis que todo esto ya ha ido demasiado lejos? Seguro que hay otras opciones —añadió al darse cuenta de que parecía estar a favor de que la bruja le chupase los recuerdos.

—¡Oh, estoy totalmente de acuerdo! Me encantaría acabar de una vez con esta locura. Como ya he dicho, tenemos asuntos muy serios de los que ocuparnos, asuntos de vida o muerte. Quizá ha llegado el momento de declarar una tregua —repuso la directora.

—Una tregua —repitió el director—. Sí. Quizá sea lo más sensato. Lo mejor para todos.

Pero antes de que pudiera decir otra palabra, la tierra se

puso a temblar violentamente bajo sus pies. Al principio Charlie creyó que era un terremoto, pero al ver la expresión de pánico en los ojos de la Reina de las Brujas comprendió que se trataba de algo muchísimo peor.

—¡No! —exclamó la bruja elevándose a mayor altura en el aire con sus potentes alas—. ¡Él está cerca!

—¿Él? —preguntó Charlie.

Los cristales de las pringosas ventanas del salón de baile tintineaban como locas a medida que el estruendo crecía y un poderoso movimiento ondulante se extendió por debajo de la mansión como una ola gigantesca, combando el antiguo suelo de piedra.

Algo enorme se estaba moviendo bajo sus pies.

Algo monstruoso.

Todo el mundo se cayó al suelo mientras las arañas de luces se desprendían del techo y estallaban como bombas de cristal.

—¡Cubríos los ojos! —gritó Rex.

Charlie y sus amigos obedecieron justo a tiempo de evitar quedar ciegos por los cristales. Al cabo de poco el violento estruendo disminuyó y todos pudieron ponerse en pie. El suelo tembló espasmódicamente bajo sus pies una… dos veces… y después volvió la calma.

—¿Qué ha sido eso? —preguntó Violeta al cabo de un momento, rompiendo el silencio.

—Slagguron —repuso la Reina de las Brujas manteniéndose inmóvil en medio del aire a una considerable altura.

—Es el tercer nominado —observó la directora en voz baja, contemplando la destrucción masiva que el monstruo había producido simplemente al pasar cerca de ellos. Era una de las pocas veces que Charlie veía que algo le impresionaba.

—¿Se desplaza bajo tierra? —preguntó Tabitha.

—¿No lo sabíais? —preguntó la Reina de las Brujas, que pareció sorprenderse de verdad.

—No hemos visto nunca a Slagguron —respondió el director Drake, sacándose por fin el lazo de Rex del pecho—. Aunque por supuesto hemos oído rumores acerca de él, como que es una especie de gusano gigantesco que se desplaza por la corteza del Mundo de las Profundidades. Pero nunca hemos podido confirmarlo.

—¡Pues dadlo por confirmado! —afirmó la Reina de las Brujas descendiendo al suelo combado por el paso de Slagguron—. Últimamente ha estado muy ocupado abriendo túneles por gran parte del Mundo de las Profundidades. Hasta ahora nunca se había alejado de su palacio del Círculo Interior. Pero recientemente están ocurriendo cosas muy extrañas —añadió sonriendo misteriosamente, como si conociera un secreto que no estaba dispuesta a desvelar.

En aquel instante se oyó un chillido tan fuerte que los mugrientos cristales de las ventanas estallaron con la vibración. Era como el ruido de un jumbo rugiendo cada vez más cerca.

—¡Mirad aquello! —gritó Teodoro señalando algo en el cielo—. ¡Es increíble!

A través de los cristales rotos de las ventanas, Charlie vio a lo lejos, en el firmamento, un rayo dorado aleteando magníficamente en dirección contraria al furioso tornado rojo del Círculo Interior.

—Es Tyrannus. El cuarto nominado —susurró la directora.

El rayo se movía por el aire alienígena del Mundo de las Profundidades con una asombrosa velocidad y Charlie entrevió una forma como la de un murciélago, aunque volaba tan velozmente que no era más que una mancha en el cielo. De pronto volvieron a oír aquel chillido horripilante, era tan ensordecedor que Charlie sintió que los huesos le vibraban. Aquel monstruoso pajarraco dorado rugió sobre sus cabezas, reduciendo con su voz atronadora los cristales rotos a un fino polvo.

—¿Qué demonios está pasando? —preguntó Rex desconcertado—. Primero aparece Slagguron y después Tyrannus. ¡Los nominados nunca habían actuado de esta forma!

De repente se escuchó una risotada demencial en el aire mientras Tyrannus daba una vuelta de campana en el cielo y planeaba en lo alto sobre la ruinosa mansión de las brujas.

—¡Victoria! —chilló con su voz demencialmente estridente—. ¡Alegraos, monstruos del Mundo de las Profundidades! ¡Hemos Vencido! ¡El Guardián está Acabado y ahora nos vamos a Divertir!

—¡No! —exclamó Tabitha dando un grito ahogado.

—Esto es lo que me temía. Debo ir a ver al Guardián enseguida —dijo la directora a Drake.

—Yo te acompañaré —se ofreció Tabitha.

—¡Cuenta también conmigo! —añadió Rex—. No te queda más remedio que dejarme ir, porque la princesa no puede estar separada de mí por durante mucho tiempo —añadió señalando a Tabitha con la cabeza.

—¡Oh, por favor, Rex!

La directora sacudió la cabeza.

—Lo siento, chicos, os agradezco mucho el ofrecimiento, pero debo ir sola. Vosotros no habéis estado nunca cerca del Guardián, en cambio yo he pasado muchos días al lado de esa dulce criatura. Sé cuáles son sus problemas… y sus extraños deseos, y sé también cómo resistirme a ellos.

—Es una locura, Brazenhope —gruñó el director Drake—. Si el Guardián se ha debilitado o se está muriendo, ¡quién sabe cuántos monstruos del Mundo de las Profundidades estarán acercándose a él! Si va a haber una lucha, nosotros tenemos las de ganar, porque somos mucho más numerosos.

—No se trata de un combate de fuerza bruta, sino de sutileza, Reginaldo —repuso la directora—. Además, todos vosotros tenéis una misión mucho más importante que hacer. Me temo que ha llegado el momento de llevar a cabo el plan que quería evitar con toda mi alma.

La directora los miró uno a uno con una expresión muy seria.

—Debéis empezar la invasión del Departamento de las Pesadillas.

5

LA INVASIÓN DEL DEPARTAMENTO DE LAS PESADILLAS

L a cámara del Consejo Supremo del Departamento de las Pesadillas estaba llena a rebosar. Los desterradores y los abreportales adultos se movían nerviosamente en sus asientos, pero cuando el director llegó y ocupó su lugar en el estrado, se quedaron quietos esperando ansiosos lo que iba a decirles.

—Acabo de hablar con la directora —dijo después de carraspear— y he llegado a un acuerdo con ella. He decidido perdonar la falta de Charlie Benjamin.

El chico se movió incómodamente en la silla mientras todos los adultos se lo quedaban mirando.

—¿Qué estáis mirando? Mi amigo no es un bicho raro —les soltó Teodoro fulminándolos con la mirada.

Los adultos miraron a otra parte.

—Debido a unos acontecimientos sumamente alarmantes, he decidido perdonar a todos los implicados en la mala conducta pasada de Charlie Benjamin, así podremos superar el reto más difícil con el que nos hemos topado hasta ahora.

Se puso a andar nerviosamente por la sala.

—Damas y caballeros, ha ocurrido algo extraordinario en el Mundo de las Profundidades y debemos actuar de inmediato, de lo contrario nos veremos implicados en una guerra que puede traer consecuencias inimaginables. Tenemos razones para creer que el Guardián se ha debilitado y que es posible que Slagguron y Tyrannus consigan entrar en la Tierra para unirse a Barakkas y Verminion. No necesito recordaros que, si lo logran, los cuatro nominados podrán usar sus objetos para llamar al Quinto. Si esto ocurre, los monstruos del Mundo de las Profundidades invadirán en masa nuestro mundo, a no ser que se lo impidamos. Por desgracia, tenemos que llevar a cabo un plan que todos habíamos deseado evitar: la invasión del Departamento de las Pesadillas.

»General Dagget, ya puede ponerles al corriente —le dijo a William, que estaba de pie detrás de él en el estrado.

—¡Oh, venga! ¿Ha designado a ese idiota para que se ocupe del caso? —refunfuñó Rex—. ¡Lo siento, chico! —se disculpó al darse cuenta de que Teodoro estaba junto a él—. Sé que es tu padre —añadió en un tono más comedido—, pero todo el mundo sabe que William y yo nunca hemos congeniado.

—No pasa nada. A nosotros también nos ocurre lo mismo —repuso Teodoro.

William avanzó al frente del estrado y contempló con calma a los desterradores y abreportales reunidos ante él.

—Si los cuatro nominados logran entrar en la Tierra, sólo hay una forma de impedirles que usen sus artilugios para llamar al Quinto.

El general William les miró fríamente.

—Uno de los nominados debe morir.

En la sala se hizo un silencio sepulcral. Incluso Charlie dudaba de si lo había oído bien.

—¿Cómo es eso siquiera posible? —gritó alguien por fin.

—¡Es imposible matar a un nominado! —exclamó otro.

Y entonces las compuertas se abrieron. Todos los desterradores y abreportales se pusieron a hablar rápidamente en voz alta, discutiendo lo que a la mayoría de ellos les parecía un plan suicida.

Mientras conversaban se oyó un largo y fuerte silbido y todas las voces se fueron apagando una a una. Charlie comprendió que era Rex el que había silbado.

—Sé lo que todos estáis pensando —dijo el vaquero poniéndose en pie—. Matar a un nominado es como mirar el cañón de una pistola y esperar agarrar la bala con los dientes. Es un mal trago, sin duda, pero tenemos que bebérnoslo hasta el fondo, y no creo que la situación se solucione evitando hacerlo. ¡Qué demonios! Gracias a Charlie Benjamin, Barakkas y Verminion acabaron gravemente heridos —añadió señalando con su sombrero al chico, que se sonrojó de vergüenza.

Charlie recordó de pronto la última vez que había visto a los dos nominados. Gracias a su artimaña, los gigantescos monstruos se habían enfrentado furiosamente en su guarida situada bajo el Krakatoa. Se destrozaron mutuamente hasta tal extremo que Charlie dudaba de que hubieran sobrevivido a la pelea.

—¡Quién sabe! —prosiguió Rex—, incluso puede que uno de esos chicos malos ya esté muerto y que nos ahorre el trabajo de tener que matar nosotros a uno de ellos. Pero lo esencial es asegurarnos de que uno de esos montruos desaparezca del mapa, y debemos hacerlo ahora, mientras aún tenemos la sartén por el mango. Sabes que no puedo tragarte, Gran Bill —le dijo a William—, pero en esta ocasión estoy contigo.

—Gracias, desterrador Henderson —repuso el general—. Damas y caballeros, prepárense para el combate.

Una hora más tarde se habían congregado en las desérticas llanuras del primer anillo del Mundo de las Profundidades un total de cuarenta desterradores y abreportales. Nunca se había reunido semejante grupo de expertos y de hábiles profesionales para dedicarse a una sola misión. Mientras William se paseaba entre ellos para supervisar los preparativos, vio a Charlie, Violeta y Teodoro.

—¿Qué están haciendo los chicos aquí? Éste no es un lugar para ellos.

—Le he pedido a Charlie que se una a nosotros —dijo Rex acercándose a William—. Como es el que más portales ha abierto en la guarida de los nominados, es el más idóneo para volver a hacerlo.

—De acuerdo. Pero esto no explica por qué esos dos están aquí —observó señalando con la cabeza a Teodoro y Violeta—. El chico y la chica.

¿Por qué habrá dicho el «chico» y no «mi hijo»?, pensó Charlie irónicamente.

—¡Alguien tiene que proteger a Charlie! ¡Y esa persona soy yo! Si él va, yo también, ¡es algo TNN, totalmente no negociable! —exclamó Teodoro.

—¿Ah, sí? —respondió William dejando que se le escapara una ligera sonrisa—. Pero ¿no sería mejor que le protegiera un desterrador?

—¡Por eso estoy yo aquí! —repuso Violeta dando un paso hacia delante—. Teodoro y yo protegeremos a Charlie mientras ustedes luchan.

—Ya veo, sois los tres mosqueteros, ¿verdad?

Charlie, Violeta y Teodoro asintieron con la cabeza.

—De acuerdo. Tú ya has tenido una experiencia con Barakkas y Verminion antes —dijo William a Rex—. ¿Qué esperas encontrar cuando Charlie abra el portal?

—No sabría deciros qué nominado estará más cerca, pero si tenemos que enfrentarnos con Verminion, os aconsejo que intentéis atacarle en el cuello, porque su caparazón es impenetrable. Y si se trata de Barakkas, que vayáis a por el corazón, e id con mucho ojo con sus afilados cuernos, de lo contrario acabaréis convertidos en unos pinchitos morunos.

Se oyeron algunas macabras risas.

—Sea lo que sea a lo que nos enfrentemos, debemos hacerlo con fuerza y rapidez antes de que el maldito ejército del Mundo de las Profundidades se nos eche encima.

—Gracias, ahora proseguiré yo, si no te importa —le dijo el general William a Rex—. Abreportales, quiero que abráis una barricada de portales alrededor de los desterradores para que puedan llegar refuerzos a medida que salgan nuevos monstruos de los túneles. Y abreportales Greenstreet…

William miró a Tabitha. Ella se sorprendió de que la hubiera nombrado.

—¿Sí?

—Si la situación lo requiere, tú te ocuparás del remojón.

—¡De acuerdo!

¿Una barricada de portales? ¿El remojón?, Charlie no tenía ni idea de a qué se estaba refiriendo William. Se sintió como si el general estuviera hablando en chino.

—Muy bien. Desterradores, comprobad vuestro equipo —les ordenó William.

Se oyó un gran ruido de acero entrechocando mientras los desterradores inspeccionaban sus armas: las brillantes hachas, las mazas relucientes y las doce clases distintas de espadas emitieron una viva luz azulada en medio de la inmensa tierra desértica del Mundo de las Profundidades.

—¿Estáis preparados?

Todos asintieron con la cabeza.

—Muy bien, ¿Charlie?

—Sí, señor.

—Abre el portal.

Charlie asintió con la cabeza. Estaba tan nervioso que tenía la boca seca como un papel de lija.

—¡Eh, chico! —le susurró Rex—, si tienes algún problema, grita mi nombre y yo acudiré enseguida en tu ayuda. ¿Me has entendido?

—Sí —repuso Charlie. Cerrando los ojos, abrió un portal en la guarida de Verminion, debajo del Krakatoa.

La élite de desterradores y abreportales del Departamento de las Pesadillas cruzó corriendo el portal y se lanzó al interior de la gigantesca caverna con un furioso grito de guerra. Charlie y sus amigos sintieron una oleada de calor procedente del montón de cavidades llenas de lava burbujeante reluciente que proyectaba una luz brumosa y parpadeante en las escabrosas formaciones rocosas que se habían ido creando en aquel vacío inmenso a lo largo de los siglos.

A Charlie el corazón le latía tan veloz que sentía como si se le fuera a salir del pecho mientras entraban corriendo en la guarida, esperando que les atacaran cientos de monstruos en cualquier momento. Miró a su alrededor frenéticamente para ver algún indicio de Verminion… o de Barakkas… o de algo.

Pero la cueva estaba vacía.

Los dos nominados y sus ejércitos se habían esfumado.

—¿Qué broma es ésta? —exclamó Rex mirando alrededor de la cueva vacía.

—¡Estaban aquí! He abierto el portal en el lugar correcto, te lo aseguro —exclamó Charlie mirando la cueva sorprendido.

—Lo sé, chico —repuso Rex—. Pero al parecer ya se han ido. Nos llevan la delantera.

En ese instante oyeron el estruendo de un montón de piedras cayendo detrás de ellos. Al girarse vieron a un acechador del Mundo de las Profundidades de la clase 4 deslizándose en la cueva sobre sus ocho patas de araña sin percatarse de la masiva intrusión.

—¡Atrapadlo! —gritó William, y la escuadrilla de desterradores se abalanzó sobre el monstruo.

La araña gigantesca intentó huir, pero ellos la inmovilizaron rápidamente. El general, sacando el mandoble, puso el filo reluciente y ardiente del arma sobre el cuello de aquel monstruo que forcejeaba intentando huir. La piel crepitó.

—¿Adónde han ido? —le gritó William.

La gigantesca araña siseó. El general para darle una lección le cortó con el mandoble el caparazón lo justo como para que manara una línea de sangre negruzca.

—¡Si no me lo dices, monstruo, sentirás un dolor inimaginable!

—¡Espere! —gritó Charlie. Los adultos, sorprendidos, se giraron hacia él—. No le haga daño. Conozco una mejor forma de hacerle hablar.

Charlie abrió otro portal para que el profesor Xixclix pudiera llegar a la guarida volcánica.

—¡Buenas! —dijo cordialmente el profesor al grupo que había invadido la cueva, limpiándose una de sus patas delanteras de araña con su rasposa lengua—. Charlie me ha contado que habéis encontrado a otro bicho como yo.

—Está allí —repuso el chico señalando al acechador capturado—. ¿Puedes hablar con él? Necesitamos saber dónde han ido Verminion y Barakkas.

—No creo que sea demasiado difícil. Sólo es de la clase cuatro. Y como yo acabo de convertirme en uno de la clase cinco, le haré hablar sin ningún problema.

Charlie se sorprendió al advertir un deje de orgullo en la voz del monstruo.

Xix se acercó al acechador capturado y empezó a hablarle en su propia lengua con siseos, clics y de vez en cuando bufidos. Era la primera vez que Charlie se topaba con un monstruo como Xix. Estaba tan acostumbrado a verlo en la Academia en el papel de profesor experto en monstruos que casi se había olvidado de que no era un ser humano, aunque no era fácil ver aquel colosal bicho con aspecto de araña dotado de unas patas larguiruchas y peludas con unas rayas purpúreas sobre su brillante caparazón negro y pensar que era cualquier otra cosa que un monstruo.

—¿Estás… bien? —le preguntó William a Teodoro mientras los dos acechadores conversaban. A Charlie la pregunta le sorprendió, ya que el general nunca parecía interesarse en lo más mínimo por su hijo.

—¡Fenomenal! —respondió Teodoro, tan sorprendido por la pregunta como Charlie—. ¡La Academia me encanta!

—Es uno de los mejores abreportales que tenemos —terció Violeta.

—¡Sin duda! —afirmó Charlie.

William les miró a los tres.

—Qué bien que te empeñaste en acompañar a Charlie. Esta actitud me gusta —le dijo a su hijo.

Teodoro no se lo podía creer.

—¡Pues… gracias! —respondió sonriendo.

En aquel momento Xix se acercó ágilmente hacia ellos, ya había terminado de hablar con el monstruo capturado.

—¿Qué ha dicho? —le preguntó William.

—No sabe gran cosa. Sólo que han cambiado de lugar y ahora se encuentran en los Páramos Helados, dondequiera que eso esté. Le han ordenado que se quede en esta antigua guarida para inundarla de lava y eliminar cualquier prueba de haber estado aquí.

—¡Por lo visto al pobre le ha tocado la peor parte! —observó Rex.

—¿Qué es lo que quieren? Me refiero a Barakkas y Verminion. ¿Qué están intentando hacer? —preguntó Charlie.

—Mataros… a todos… —terció el monstruo capturado antes de que a Xix le diera tiempo de responder.

El grupo de desterradores y abreportales se miraron unos a otros con inquietud.

—¡Hay que dar con ellos! Dondequiera que estén, debemos capturar a esos nominados y matar a uno de ellos. No podemos descansar hasta lograrlo —afirmó Rex.

A Charlie se le hizo un nudo en el estómago. Matar a uno de los nominados era casi imposible, ahora, además, ni siquiera sabían dónde estaban Barakkas y Verminion. Ni siquiera había empezado la lucha y ya habían sufrido una gran derrota. Si se empeñaban en ello, podían descubrir la nueva guarida, pero ¿cuánto tiempo les quedaba para encontrarla?

Ahora todo depende de la directora, pensó Charlie.

Deseó que ella encontrara al Guardián con vida.

Deseó que lograra mantenerlo sano y salvo.

Deseó que no fuera demasiado tarde.

PARTE
· II ·

El Guardián

6

En las Profundidades

L a Academia de las Pesadillas siempre le había parecido un sitio increíble; aquellos enormes barcos destrozados por los naufragios varados en las ramas del baniano más gigantesco del mundo siempre dejaban a Charlie maravillado, pero en esta ocasión estaba tan preocupado que apenas los vio.

—¿Qué pasa, Charlie? —le preguntó Violeta mientras se zampaba el último mango del almuerzo—. Ni siquiera hemos estado fuera todo el día, pero parece como si un ectobog se hubiera tragado a tu madre.

—¿Qué pasa? —le soltó él—. ¡Más bien qué es lo que no pasa! Rex y Tabitha están intentando encontrar la nueva guarida de Verminion en la Tierra, la directora está en el Mundo de las Profundidades para ayudar al Guardián…

—¿Y qué?

—¡Pues que nosotros estamos aquí sin hacer nada!

—¡Ajá! —exclamó Violeta—. Sólo estás enojado porque no te han incluido en la acción. Relájate, tío. Nosotros ya hemos hecho nuestra parte. No somos más que unos noobs.

—¡Unos adis! —la corrigió Teodoro rápidamente—. Me

importa un bledo lo que haya dicho Pinch. Aún tenemos que ver lo que la directora opina sobre el tema cuando vuelva.

—Tienes razón —afirmó Charlie suspirando—. Pero esto no significa que podamos ayudarles de algún modo.

Frustrado, se apoyó en la barandilla del barco pirata y contempló el océano que se extendía a sus pies.

—¡Hola, chicos!

Al volverse Charlie vio a Brooke, con su bonito pelo rubio y sus ojos azules, elevándose por un velo de hojas como si fuera un ángel ascendiendo. Salió del ascensor en forma de velero que la había llevado hasta allí y se acercó a ellos con una perfecta sonrisa en los labios.

—¡Hola, Brooke! —exclamaron alegremente Charlie y Teodoro a coro.

Violeta puso los ojos en blanco. Sí, Brooke era mayor que ella, y más alta y más guapa, ¡pero no había para tanto!

—¿Qué novedades hay? —dijo.

—Está habiendo una gran movida, pero Charlie está furioso al no poder participar en ella —respondió Teodoro.

Charlie lo fulminó con la mirada.

—Bueno, no sólo él; todos estamos enfadados —añadió Teodoro rápidamente—. No quiero que pienses que lo veo como una especie de párvulo que hace morros o algo parecido.

—¡Pues eso es exactamente lo que es! —afirmó una voz conocida.

Charlie al volverse vio a Geoff —el novio rubio y corpulento de Brooke— acercándose a ella con una expresión maliciosa. A Charlie le fastidiaba ver que cuanto más crecía ese chico, más guapo se volvía. Tenía dieciséis años, pero aparentaba veinte.

—Después de todo aún sois unos noobs. Todo el mundo sabe que habéis cateado el examen —prosiguió Geoff.

—¡No es verdad! —protestó Teodoro—. La directora todavía no nos ha dado el resultado, o sea que el asunto aún no está tan mal.

—¡Tú sí que estás mal… de la cabeza! —le espetó Geoff riendo groseramente y mirando a Brooke para que le diera la razón.

—¿Por qué no te esfumas y vas a hacer algo tú solito? —le soltó ella fríamente.

Charlie quiso aplaudirla, pero miró a otra parte para no ser grosero. Sin embargo, Teodoro sí aplaudió.

—¡Cállate! —rugió Geoff levantando el puño.

Teodoro también le levantó el suyo a aquel chico mucho más grande que él. Y uniendo el pulgar y el índice, dijo en un agudo falsete «te quiero», imitando la boca de una marioneta y dándole un beso al puño de Geoff con el suyo.

El muchacho se lo quedó mirando estupefacto.

—¿Éstos son los chiflados con los que quieres estar? —le preguntó a su novia.

—Así es —repuso Brooke.

—Pues cuando te canses de jugar con estos niñatos, ven a verme —le soltó cruzando la cubierta pisando fuerte. Luego subió al ascensor en forma de velero y se esfumó del lugar.

—¡Los chicos se te pegan como un chicle en el zapato y se molestan cuando te los sacas de encima —le dijo Brooke a Violeta lanzando un dramático suspiro, como si las dos fueran unas veteranas avezadas en esta clase de peleas.

—Yo no mastico chicle —replicó Violeta de manera cortante.

—¡Miau! A la gatita le gusta arañar. ¡Grrrr! —exclamó Teodoro agitando la mano en el aire frente a su amiga como si diera un arañazo.

—¡Me las piro de aquí! —exclamó Violeta enojada girándose para irse.

—¡Espera! —le gritó Brooke.

Charlie sabía que a Violeta nunca le había caído bien Brooke; en realidad, no podía soportarla, porque pensaba que aquella chica mayor que ella era una esnob. Pero también sabía desde el día que había estado luchando codo a codo con Brooke en la guarida de Verminion que sus aires de superioridad no eran más que una fachada para ocultar una terrible inseguridad.

—Aún no te puedes ir. Tengo que darte un mensaje de parte de la directora. En realidad, es para todos vosotros —prosiguió Brooke.

—¿Cuándo la has visto? —preguntó Violeta dándose la vuelta muy interesada de pronto.

—Ayer. Habló conmigo justo antes de dirigirse al Mundo de las Profundidades.

Debe de haber sido después de dejarnos con la Reina de las Brujas, pensó Charlie.

—¿Qué te dijo?

—Me dijo que si no volvía hoy al mediodía teníamos que reunirnos los cuatro con ella en el Mundo de las Profundidades.

—¡Pero si iba a ver al Guardián! ¡No tengo ni idea de dónde está! —exclamó Charlie.

Brooke se encogió de hombros.

—No importa, porque de todos modos no puedes abrir un portal donde él vive. Sólo puedes abrirlo en una zona cercana que es superpeligrosa. La directora se las apaña en ella sin ningún problema, pero para nosotros es demasiado inhóspita. Por eso debemos usar la barca del Guardián.

Los tres amigos se miraron intrigados.

—¿Qué es la barca del Guardián? —preguntó Charlie.

La barca del Guardián estaba escondida bajo las hojas de un banano en una caleta rocosa del sur de la isla, una zona donde Charlie y sus amigos nunca se habían aventurado.

—¡Mirad eso! —exclamó Teodoro mientras se subían a la pequeña embarcación.

Del tamaño de una lancha motora, la barca tenía seis asientos equipados con una barra de seguridad. La barra rodeaba la zona de los hombros y cruzaba por delante del pecho.

—¡Eh, mirad! —gritó entusiasmado sentándose en uno de ellos y bajando la barra—. Es como los vagones de las montañas rusas.

—¡Qué miedo! ¿Por qué tendrán los asientos una barra de seguridad? —preguntó Violeta.

Mientras Teodoro jugueteaba con la barra, Charlie inspeccionó el asiento del capitán. La lancha era muy extraña, y en el tablero de mandos no había más que un interruptor para ponerla en marcha, un acelerador para controlar la velocidad, el volante, una brújula sencilla para orientarse y un botón rojo con estas palabras escritas bajo él: ADVERTENCIA: UTILÍCELO SÓLO DURANTE UNA CAÍDA LIBRE.

—¿Una caída libre? ¿A qué se refiere? —exclamó Charlie desconcertado.

—No lo sé —respondió Brooke encogiéndose de hombros—. Todo cuanto sé es que debemos navegar por el océano y que de algún modo nos llevará adonde está el Guardián.

—¿La lancha nos llevará adónde está el Guardián? —preguntó Violeta sin acabar de creérselo—. ¿Quieres decir que ¡puf!, te lleva como por arte de magia cerca de donde él está?

—Eso es lo que la directora me dijo —repuso Brooke poniéndose un poco a la defensiva—. Aunque yo nunca la he utilizado.

—¡Genial! —se quejó Violeta—. No sabes lo aliviada que

me siento al oírtelo decir. ¡Si ni siquiera tenemos idea de cómo funciona este chisme!

—Si no fuera por el botón rojo y las extrañas barras de seguridad, parecería una lancha como cualquier otra —observó Charlie—. Sólo necesitamos que alguien la saque de la caleta sin que nos estampemos contra las rocas.

—¡Yo lo haré! ¡Soy un as pilotando barcas! —exclamó Teodoro.

—¿Ah, sí? ¿Has pilotado alguna antes? —le preguntó Charlie.

—No.

—Entonces, ¿cómo sabes que eres bueno en ello?

—¡Tú no sabes quién soy yo! Tengo un don natural para navegar, tío —repuso levantando la barra de seguridad y poniéndose en pie, pero Violeta lo empujó haciéndole sentar de nuevo.

—¡La pilotaré yo! —exclamó ocupando el asiento del capitán—. Mi familia tenía una barca. Bajad las barras de seguridad.

Charlie, Brooke y Teodoro hicieron lo que les pedía. Violeta puso en marcha la lancha, movió el acelerador hacia delante y la fue guiando con cuidado por entre las rocas para salir de la caleta.

—¡Eh, se te da muy bien! —dijo Charlie admirando la destreza de su amiga como capitana.

—¡Una chica tiene que estar preparada para todo!

El día era cálido, el aire puro y, a pesar del peligro y de su incierta misión, Charlie sintió que se animaba mientras dejaban la isla atrás y zarpaban hacia los acogedores brazos del mar abierto.

De pronto les ocurrió una pequeña catástrofe.

Cuando estaban a veinte millas de la playa, la aguja de la

brújula que había estado apuntando al norte se puso a girar hacia el sur, el este y de nuevo hacia el sur como si se hubiera vuelto loca.

—¡Qué extraño! —exclamó Violeta mirando la aguja moviéndose frenéticamente hacia todas direcciones.

—¿Pasa algo? —preguntó Charlie.

—No estoy segura. La aguja se está comportando de una forma muy extraña. ¡Mira, otra vez se ha movido!

La aguja de la brújula se movió frenéticamente a la izquierda y luego a la derecha.

—¡No te preocupes! Es normal que una brújula se vuelva loca. Podría ser la fuerza gravitoria de la luna o quizás estamos atravesando un lecho geológico magnetizado —observó Teodoro.

—¿De qué estás hablando? ¿Tienes siquiera idea de lo que estás diciendo? —repuso Charlie señalando el tablero de mandos—. ¡Mira eso, es absolutamente anormal!

La aguja de la brújula seguía girando enloquecida mientras el mar se agitaba por minutos. Las nubes blancas y algodonosas empezaron a oscurecerse sobre sus cabezas.

—Quizá deberíamos dar media vuelta. Parece que se avecina una tormenta —sugirió Brooke inquieta.

—No puedo hacerlo. Con la brújula actuando de una forma tan extraña no sé cómo orientarme para volver a la playa —se quejó Violeta.

—¡Claro que puedes! Guíate por el sol —le sugirió Teodoro.

—¿El sol?

—Ya sabes, los marineros se guían por él.

Violeta tuvo que morderse la lengua para no estallar.

—Vale. ¿Y cómo lo hago? —le respondió irritada.

—¿Cómo quieres que yo lo sepa, tía? La capitana eres tú.

¡Qué bien que la barra de seguridad le impida a Violeta levantarse!, pensó Charlie al ver que ella fulminaba a Teodoro con la mirada.

—Da simplemente media vuelta. Al menos nos alejaremos del mar revuelto —sugirió Charlie con calma.

El mar continuaba agitándose. Había empezado a soplar un fuerte viento y las partículas de sal que levantaba les azotaban el rostro. A Charlie le chocó ver con cuánta rapidez el tiempo se les había puesto en contra.

—Puede que tengas razón —dijo Violeta un poco nerviosa al ver las olas cada vez más grandes golpeando la lancha y zarandeándola como un barco de juguete.

No ocurrió nada.

La lancha siguió navegando hacia la misma dirección como si una poderosa fuerza invisible la atrajera.

De pronto unas olas gigantescas se desplomaron sobre la borda, amenazando con inundar la lancha.

—¿Qué pasa? —gritó Charlie por encima del creciente ulular del viento.

—No lo sé —respondió Violeta a voz en cuello—. ¡Es como si el timón no funcionara! ¡Algo nos está atrayendo!

—Seguramente será el polo norte o el polo sur, depende del hemisferio del planeta en el que estemos —razonó Teodoro.

—¡Pero qué dices! ¡Si la Academia de las Pesadillas no está cerca de los polos, está en una zona tropical —gritó Charlie.

—¿No sabes dónde está la Academia? —preguntó Brooke con incredulidad mientras otra ola gigantesca se desplomaba sobre ellos.

—¡Pues no! ¡Nadie nos lo ha dicho! —vociferó Charlie limpiándose los ojos enrojecidos por el agua salada.

—Bueno, supongo que no es tan extraño, porque no te lo enseñan hasta que eres un adi —concluyó Brooke.

—¿Dónde estamos entonces? —gritó Teodoro.

De pronto se desplomó una espesa cortina de agua sobre ellos. Un relámpago iluminó por un instante el oscuro cielo.

—¡En el Triángulo de las Bermudas! —gritó Brooke mientras la lancha daba vueltas frenéticamente sobre sí misma arrastrada por una descomunal corriente. ¡La Academia de las Pesadillas está en el Triángulo de las Bermudas!

Se la quedaron mirando, mudos de asombro.

—¿El maldito Triángulo de las Bermudas? —gritó Teodoro—. ¿Estás de guasa? ¡Si es una trampa mortal! ¿Sabéis cuántos aviones y barcos han desaparecido en esta zona?

—Pues no —repuso Brooke gritando a su vez.

—¡Un montón! ¡No me lo puedo creer! ¡Vamos a morir!

—¡No digas eso! ¡No vamos a morir! —gritó Violeta.

—Pues a mí me parece que sí —observó Charlie mirando por la borda.

El agua del mar giraba formando un enorme remolino y la pequeña embarcación se dirigía velozmente hacia los bordes. En medio del remolino, en las profundidades de las gorgoteantes aguas, vieron un gigantesco y reluciente disco rojo.

Era una imagen alienígena y espeluznante.

—¿Qué es eso? —chilló Brooke atónita.

—¡No tengo ni idea! —gritó Charlie.

La diminuta lancha fue arrastrada por una corriente monstruosa al centro del remolino y se hundió bajo el agua, girando frenéticamente sobre sí misma, sorbida por el extraño disco rojo. Mientras caían, Charlie vio lo descomunal que era, medía al menos un kilómetro y medio de punta a punta. Fue haciéndose cada vez más grande hasta llenar el mundo. Intentó desesperadamente quitarse la barra protectora de los hombros, liberarse de ella, pero ahora el arnés de metal no cedía y lo mantenía sujeto al asiento. No había forma de escapar de la lancha, que iba directa a las frías profundidades, hacia el objeto que giraba misteriosamente en el fondo del mar.

7

El Cementerio del TB

Charlie no podía respirar.

No tenía ni idea de cuánto tiempo había estado bajo el agua —tal vez minutos o quizá sólo segundos—, pero sabía que si no respiraba pronto moriría. Sentía que los pulmones le iban a estallar y la vista se le nubló como si le cubrieran los ojos con la tapa de un ataúd. Vio a sus amigos a su alrededor, ahogándose, incapaces de huir de la lancha que se hundía. Sus ojos se posaron en los de Violeta. Vio pánico en ellos… y también una débil aceptación.

El corazón se le encogió.

De nuevo él los había llevado a un camino oscuro y solitario que parecía terminar en una muerte segura. Ahora estaban tan cerca del gigantesco disco que giraba bajo ellos que estaba seguro de que si extendía la mano podría tocarlo, y fue lo que intentó hacer…

Pero no había nada que tocar.

Su mano pasó a través de él, al igual que el resto de la lancha. Estaban cayendo en un vacío interminable, ¡pero al menos se podía respirar en él! Charlie dio un grito ahogado y cogió aire con todas sus fuerzas, el oxígeno pareció quemarle los pulmones. Aunque estuvieran dando vueltas violentamente en medio del vacío, la barra protectora que llevaban sobre los hombros los mantenía sujetos a los asientos. Charlie vislumbró unas imágenes a su alrededor: cristales amarillentos, una columna de fuego rojo...

¡Estamos en el Mundo de las Profundidades! ¡Estamos cayendo en el vacío en él!, concluyó de pronto.

Era una caída libre.

¿Dónde había oído esas palabras antes?

—¡Aprieta el botón! —le gritó a Violeta—. ¡Aprieta el botón grande de color rojo del tablero de mandos!

Violeta, grogui y desorientada, vio el botón rojo y debajo las palabras: ADVERTENCIA: UTILÍCELO SÓLO DURANTE UNA CAÍDA LIBRE. Haciendo acopio de todas sus fuerzas, extendió la mano y lo presionó.

Se oyó un intenso siseo, como el de aire escapándose de un neumático. Al instante se hincharon unos globos transparentes a los lados de la lancha, que la cubrieron como si fuera una especie de capullo y frenaron la caída. A través de ellos Charlie vio a lo lejos, en el fondo del mar, unas imágenes borrosas que parecían ser veleros, cientos y cientos de veleros.

La lancha del Guardián cayó en picado hasta dar un fuerte golpe en la cubierta de un viejo buque de carga, rebotando y dando tumbos como una pelota de goma, y Charlie vislumbró el enorme disco rojo por el que habían estado cayendo. Ahora se encontraba sobre ellos, brillando a lo lejos.

Y entonces volvieron a caer, girando violentamente.

Tras rebotar un par de veces más, la enloquecida lancha se detuvo al fin. Los globos protectores se deshincharon y el mecanismo de las barras de los hombros se abrió con un tranquilizador *clac*.

Habían llegado.

—Que lugar… más interesante —observó Teodoro levantando la barra protectora.

—¿Estáis todos bien? —preguntó Charlie liberándose de la suya.

—No estoy segura —repuso Brooke respirando desesperadamente—. Creo que sí. ¿Tengo buen aspecto?

—¡Claro! ¡Estás muy guapa! —le dijo Teodoro

—Pues yo también estoy bien, Teodoro, por si lo querías saber —terció Violeta irónicamente.

—¡Oh, ahora iba a preguntártelo a ti! De verdad.

—Sí, claro.

Salieron de la lancha y miraron a su alrededor. Se encontraban en medio de un gigantesco cementerio de barcos naufragados, apilados como los coches de un depósito de chatarra. En la base de la pila había los más viejos y estropeados, y en la punta los más nuevos. Sobre ellos, el gigantesco disco rojo —que ahora Charlie comprendía que era una especie de portal— brillaba como un sol extinguiéndose.

—Lo llamamos «la Anomalía» —dijo una voz a sus espaldas.

Al girarse vieron a la directora acercándose a ellos, sorteando ágilmente los restos de los descomunales barcos destrozados.

—¡Directora! —exclamó Charlie—. ¡Recibimos su mensaje!

—Sí, sí, ya lo veo —respondió ella alegrándose de que hubieran llegado sanos y salvos—. Os encontráis en el Cementerio del TB. Muy pocos seres humanos han tenido el privilegio de contemplarlo.

—¿El Cementerio del TB? —repitió Charlie—. Significa el Cementerio del Triángulo de las Bermudas, ¿verdad?

La directora asintió con la cabeza.

—Como ya habréis adivinado, la Anomalía succiona a los barcos que navegan por esta zona y los arrastra hasta el fondo del mar, por eso hay tantos aquí.

—La Anomalía... ¿es la zona que el Guardián protege?

—Sí. No sabemos exactamente qué es, quizá sea una especie de desgarrón en el entramado del Mundo de las Profundidades.

Si es un desgarrón, es uno inmenso, pensó Charlie.

Era inmenso, cien veces mayor incluso que el portal más enorme que pudiera abrir. Ardía con unas llamas rojas en lugar de las purpúreas de los otros portales. Estaba siempre abierto y atraía todo cuanto pasaba por él, como un imán, salvo el agua de mar.

No hay ni una gota de agua de mar en él, pensó Charlie asombrado, mientras lo contemplaba con la cabeza levantada. En ese instante advirtió una sombra enorme acercándose desde la superficie del océano de la Tierra.

—¿Qué es eso? —preguntó.

—Algo muy grande —respondió la directora.

Aquella forma imprecisa que proyectaba una sombra descomunal se fue acercando cada vez más al borde del remolino hasta caer por la Anomalía en el Mundo de las Profundidades.

No puede ser... ¡Es una ballena jorobada!, pensó Charlie.

La gigantesca criatura cayó en picado retorciéndose y silbando desesperadamente en medio del vacío hasta estrellarse contra los restos de un antiguo avión, lo que produjo una tremenda explosión de acero y grasa de ballena.

—¡Pobrecilla! —exclamó Brooke angustiada poniéndose la mano sobre el pecho.

—Por desgracia estos accidentes ocurren. Aunque la mayoría de animales marinos eviten pasar por la Anomalía porque intuyen que es una zona peligrosa, de vez en cuando alguno queda atrapado en ella. Yo habría abierto un portal debajo de la ballena para que cayera en el océano de la Tierra, pero en la Anomalía no se pueden abrir portales, por eso hay que usar la lancha del Guardián —explicó la directora señalando la pequeña y curiosa embarcación—. Es una forma muy poco convencional de llegar hasta aquí, pero es la más segura. Sin ella hubierais tenido que abrir un portal en el quinto anillo y luchar con los monstruos de la clase cinco, como yo hacía antes. Y os aseguro que no es nada agradable.

—¡Ya me lo imagino! —aseguró Violeta.

—La Anomalía es la razón por la que el Triángulo de las Bermudas tiene tan mala fama y es la culpable de que las brújulas se vuelvan locas y tanta gente se pierda y desaparezca en este lugar… ¡El misterio está resuelto! —dijo Teodoro.

—Así es, Dagget. La Anomalía permite que pasen cosas de la Tierra al Mundo de las Profundidades —afirmó la directora.

—Sí, y supongo que también ocurre lo contrario: la Anomalía permite que pasen cosas del Mundo de las Profundidades a la Tierra. Como los monstruos. Como los nominados —observó Charlie.

La directora asintió con la cabeza.

—Exactamente, Benjamin. Sería así… si el Guardián no la protegiera.

—¿Dónde está? Me refiero al Guardián.

—¡Venid! Os lo mostraré —repuso la directora.

El Guardián no era como Charlie se lo había imaginado.

Débil y frágil, del tamaño de un niño pequeño, tenía unos ojos grandes y llorosos, y una piel transparente de color naranja que revelaba bajo ella unas palpitantes venitas azules.

Su boca era tan pequeña como la de un bebé y estaba llena de dientes blancos que relucían como perlitas. El Guardián cruzó sus brazos largos y flacos sobre su delgado pecho y se puso a temblar, silbando al respirar como un asmático.

—Abrazadme —gimió con un hilo de voz—. Tengo frío.

El Guardián vivía en el camarote del capitán de un buque de guerra en ruinas. Aunque el Cementerio del TB fuera un lugar horripilante, alguien (probablemente la misma directora) había intentado decorarlo un poco para que el camarote fuera más acogedor. En él había varias almohadas esparcidas y fotografías de lugares cálidos y exóticos: Charlie vio que uno de ellos era Hawai. Junto a la cama del Guardián, que no era más que una pila de mantas en el suelo, había un tablero con una partida de ajedrez a medio jugar. Pero de algún modo el intento de hacer que el lugar fuera más acogedor creaba el efecto contrario: Charlie pensó que no había visto nunca un sitio tan triste y solitario.

—Abrazadme —volvió a pedirles el Guardián—. Me gustaría tanto que me abrazarais…

—¡Qué pequeño es! —exclamó Violeta acercándose con los brazos extendidos a aquel ser tan frágil. Quería desesperadamente sostenerlo en brazos y tranquilizarlo.

—Se está muriendo, Sweet, y si lo tocas lo matarás —le advirtió la directora.

Violeta se paró en seco, pero tuvo que hacer un gran esfuerzo para no abrazarlo. En aquel ser tan frágil había algo casi sobrenatural que hacía que quisieras cogerlo en brazos y protegerlo.

—Abrazadme, os lo ruego… Tengo frío —les suplicó el Guardián.

—¡Para ya, Hank! ¡Sabes que no pueden tocarte! Ninguno de nosotros puede —le riñó cariñosamente la directora.

—¿Hank? ¿El Guardián se llama Hank? —exclamó Teodoro soltando una risita.

—A decir verdad no sé cómo se llama —respondió la directora—. No estoy segura de si tiene un nombre. Pero como yo tenía un perro que se llamaba Hank al que quería mucho... —añadió encogiéndose de hombros como si eso lo explicara todo.

—Tú pareces una joven muy buena —le susurró el Guardián a Brooke—. No creo que pase nada si me abrazas. ¡Tengo tanto frío y me siento tan solo!

A la joven se le empañaron los ojos.

—¿Puedo estrecharlo entre mis brazos por un segundo? ¿Darle un abrazo cortito y pequeñito...?

—Claro que puedes, Brighton —le soltó la directora—. En realidad, si el Guardián está ahora tan enfermo es porque alguien ya le dio un «abrazo cortito y pequeñito» como el que tú quieres darle. Por eso hay que protegerlo de los seres humanos, porque nos produce el irresistible deseo de tocarlo.

—Sí, directora —respondió Brooke dándose media vuelta y enjugándose las lágrimas de los ojos.

—¿Qué ha pasado? ¿Alguien lo ha tocado? —preguntó Charlie.

La directora asintió con la cabeza.

—Cuando llegué, me encontré al Guardián en brazos de una niña. Ella intentaba ayudarle, al igual que nosotros ahora, pero incluso ese breve contacto hizo que enfermara gravemente.

—¿Dónde está ahora? Me refiero a la niña —preguntó Charlie.

—En su casa.

—¿Cómo es posible? ¿Creí que no se podía abrir un portal en la Anomalía?

—Y es verdad. Tuve que llevarla fuera de la zona para hacerlo.

—¿Donde están los monstruos? —comentó Violeta en voz baja.

—Así es. Tuve que… cargarme a una cierta cantidad de ellos —observó la directora.

Charlie la había visto en acción y se podía imaginar la escabechina que la directora había hecho con su barra metálica que despedía una luz azulada. Una vez que empezaba, era imposible detenerla.

—Abrázame. El Mundo de las Profundidades es tan oscuro que me da mucho miedo —le volvió a suplicar el Guardián con un hilo de voz.

El deseo de abrazar a aquella criatura desvalida era tan acuciante que Charlie se preguntó cómo la directora podía soportarlo. Él estaba a punto de ceder.

—Salid afuera. Tenemos que hablar de un asunto muy importante —les dijo.

Salieron del camarote y se quedaron en el Cementerio del TB lo suficiente lejos del Guardián como para que no les oyera, aunque a Charlie le parecía seguir oyendo la respiración dificultosa y ruidosa de aquella pobre criatura.

—Si el Guardián se muere, el aura desaparecerá con él. Y el aura es la que nos protege de los monstruos del Mundo de las Profundidades, todas las embarcaciones de este lugar están impregnadas de ella.

—Por eso la Academia de las Pesadillas está llena de barcos —afirmó Charlie de pronto comprendiéndolo todo—. De los antiguos barcos del Cementerio del TB. Por eso en la Academia no pueden entrar los monstruos del Mundo de las Profundidades, porque los barcos están impregnados del aura del Guardián, como una batería cargada de electricidad, ¿verdad?

—Exactamente —repuso la directora—. Pero esto será así sólo mientras el Guardián esté con vida. Si muere, la Academia perderá el aura que la protege y las criaturas del Mundo de las Profundidades invadirán el Cementerio del TB y entrarán en la Tierra.

—¡Entonces tenemos que salvarlo! —exclamó Teodoro.

—¿Hay alguna forma de hacerlo? —preguntó Charlie intentando controlar su creciente ansiedad.

—Sí, hay una —asintió la directora después de dudar un poco—. Por eso le pedí a la señorita Brighton que os trajera aquí, pero es muy peligrosa y no hay ninguna garantía de que podamos conseguirlo.

—¡Pues yo se lo garantizo! —exclamó Teodoro—. ¡Tiene la garantía de Teodoro Dagget! Considérelo hecho. ¿Qué debemos hacer?

La directora los contempló con detenimiento, sopesando sus capacidades y su decisión como un sastre experimentado contemplando a un cliente y captando a simple vista las medidas de su cuerpo sin usar la cinta métrica.

—Se dice que en el Mundo de las Profundidades hay un líquido con unas propiedades curativas asombrosas: con sólo beber un sorbito vuelves al punto de tu vida en el que eras más poderoso —dijo por fin.

—¡Vaya! —exclamó Brooke—. Supongo que no es fácil conseguirlo.

—Supones bien —repuso la directora.

—¿Qué es? —preguntó Charlie.

—¡Leche! —respondió la mujer—. La leche de una hidra.

—¿Una hidra? —farfulló Teodoro—. ¿Se refiere a ese sanguinario dragón acuático con varias cabezas?

—Sí, pero no se trata de cualquier hidra, ha de ser una hidra hembra. Por desgracia, ahí es donde está el problema. Sólo existe una hidra hembra y no sabemos dónde se oculta.

—¿O sea que para salvar al Guardián tenemos que encontrar a la única hidra hembra que existe en el Mundo de las Profundidades, ordeñarla y darle a él la leche antes de que se muera? —preguntó Violeta.

—Exactamente. Y a juzgar por la rapidez con la que el Guardián se está debilitando, tenéis menos de un día para lograrlo.

—¡No vamos a conseguirlo! ¡Es imposible! —exclamó Teodoro.

—¿Imposible? —repuso la directora—. Pero ¿cómo puede ser? Creía que me habías garantizado que salvaríais al Guardián.

—Bueno, eso fue antes de saber lo que teníamos que hacer. ¡Esta misión es mucho más difícil de lo que me había imaginado!

—Supongo que sí. Pero es lógico, porque es lo único que puede salvar a nuestro mundo.

—Lo haremos —dijo Charlie en voz baja.

Todos se giraron hacia él.

—¿Charlie? ¿Estás seguro? —le preguntó Brooke.

—Sí, si hay que hacerlo, lo haremos y punto. No hay nadie más que pueda ocuparse de ello. La directora debe quedarse en la Anomalía para proteger al Guardián de otros niños que puedan aparecer, y todos los miembros del Departamento de las Pesadillas están ocupados buscando a Barakkas y Verminion. Lo haremos porque debemos hacerlo —añadió sonriendo con seguridad a Brooke.

—Espera un momento —dijo Violeta mirándolos a los dos—. ¿Estás diciendo esto porque quieres impresionarla?

Charlie se sonrojó de vergüenza.

—¿Qué? ¡Claro que no! Cómo puedes siquiera sugerir que…

—Sí que es por eso. ¡Te has puesto rojo como un tomate!

—¡Para ya de una vez!

—No me lo puedo creer. De verdad.

Charlie deseó que se lo tragara la tierra. ¿Cómo podía Violeta acusarlo de semejante cosa? ¡No lo estaba haciendo sólo para impresionar a una chica!

O al menos eso creía, pensó.

—¿Aceptáis la misión? —preguntó la directora.

—Sí —respondió Charlie con una actitud desafiante—. ¿Estáis de acuerdo? —preguntó a sus amigos.

—Tú eres el jefe —repuso Teodoro enseguida—. Si me necesitas, aquí estoy, *mon frère,* que en francés quiere decir «hermano mío».

—¡Genial! ¿Y tú que me dices? —le preguntó a Brooke.

—¡Cuenta conmigo! —repuso ella sonriéndole.

—¡Estupendo! Venga, Violeta…, por favor. Te necesito de veras. Todos te necesitamos —le dijo.

Ella se lo quedó mirando un momento.

—Vale —asintió a regañadientes.

—Muy bien —confirmó la directora—. Os dejaré lo bastante lejos de la Anomalía como para que podáis abrir un portal, y mientras tanto mantendré a los monstruos a raya.

La directora se alejó del cementerio de barcos naufragados dando grandes zancadas. Charlie echó una última mirada al Guardián. ¡Qué pequeño, frágil y desvalido se veía! Y luego siguió a la mujer.

Caminaron en silencio. Los cascos rotos de los antiguos barcos se alzaban a su alrededor como fantasmas de gigantes.

—Seguramente habrá más niños en apuros en el Mundo de las Profundidades. Prestad atención por si veis alguno. Y rescatadlos si es posible —les aconsejó la directora.

—Así lo haremos —repuso Charlie.

—Pero sobre todo cumplid con vuestra misión. No hay nada que sea más importante. ¡Nada! De lo contrario, no os pediría que arriesgarais vuestras vidas.

La directora tenía una expresión muy seria.

Pronto dejaron atrás el aura protectora del Guardián y se dirigieron al bosque de cortantes cristales color mostaza que formaba el resto del quinto anillo. En él divisaron unas formas moviéndose, unas sombras oscuras y mortíferas.

—Sólo tenéis que recorrer varios metros más para poder abrir un portal —observó la directora—. Cuando volváis a la Academia, renovad vuestro equipo. Las armas que lleváis son las de los noobs —añadió con desdén al ver el estoque combado de Charlie y la daga picada de Violeta.

—¿Significa que ya somos adis? —preguntó la chica expectante.

—Claro que sí. ¿O acaso creíais que iba a enviar a unos simples noobs a una misión tan peligrosa?

—¡Yupi! —gritó Teodoro—. ¡No me dejes en la estacada! —añadió levantando la mano para hacer un «choca esos cinco» con Charlie.

—¡Nunca lo haría! —exclamó éste entrechocando su mano con la de su amigo mientras pensaba que a Pinch no iba a gustarle la noticia.

—A propósito, ¿se lo podéis decir a Pinch de mi parte? —añadió la directora. Charlie se estremeció al ver que era como si pudiera leerle la mente.

—¡Claro!

—Decidle que ya no se ocupará de la Academia en mi ausencia, lo hará Rose, la supervisora, porque quiero que Pinch os acompañe al Mundo de las Profundidades. Estoy segura de que su experiencia os resultará… invalorable.

Charlie, Teodoro, Brooke y Violeta se miraron decepcionados.

—¡Sí, seguro! —musitó Teodoro con ironía.

La directora fingió no haberle oído.

De pronto se escuchó un chillido horripilante. Charlie se tapó los oídos con las manos, era como si sus tímpanos fueran dos globos a punto de estallar. Sintieron un viento huracanado que venía del cielo y, al levantar la cabeza, vieron un rayo dorado volando hacia ellos de la columna roja que giraba en el Círculo Interior.

Charlie ya había visto aquel rayo dorado en otra ocasión, en la ruinosa mansión de las brujas.

—¡Es Tyrannus! —exclamó.

8

TYRANNUS EL DEMENTE

E l enorme murciélago dorado bajó en picado del cielo con la fuerza de un tornado y aterrizó pegando un golpe tan descomunal con sus garras escamosas sobre los gigantescos cristales color mostaza que saltaron hechos añicos. Sus colosales alas eran tan largas como un jumbo y el más ligero aleteo de una de ellas bastaba para noquear a un elefante. Se quedó mirando al grupo con sus feroces ojos rojos mientras sacaba una garra de sus alas y se limpiaba con ella los restos de un arrojador de ácido que se le habían quedado pegados entre sus afilados dientes. Alrededor de uno de sus huesudos dedos Charlie vio un reluciente anillo negro cubierto de imágenes grabadas que despedían una luz tan rojiza como la del fuego.

Debe de ser el artilugio de Tyrannus, pensó.

—¡Saludos y un montón de holas! —chilló la gigantesca bestia pegando saltos a cincuenta metros de distancia de ellos y pisoteando a varios monstruos del Mundo de las Profundidades que no se habían apartado de en medio lo bastante rápido—. Bienvenidos a este humilde paraje del Mundo de las Profundidades. ¡Soy Tyrannus y será todo un placer para mí devoraros!

—¿Ah, sí? Si estás interesado en comernos, ¿por qué no te acercas y lo haces? —le gritó la directora.

—¡Ñam, ñam…, cuánto disfrutaría con esta carnicería! —respondió Tyrannus lanzando una carcajada hueca y socarrona—. Pero sois una presa demasiado difícil para mí. Aunque estéis a una distancia muy corta, me produciríais un dolor muy laaaargo.

—¡Oh, debes de estar refiriéndote al aura del Guardián! —repuso la directora—. Me había olvidado del terrible dolor que os causa. No sabes cuánto siento que no puedas ir a todos los lugares del Mundo de las Profundidades como tanto te gustaría.

—¡Pronto lo haré! —gritó el monstruoso murciélago alegremente—. Porque dentro de poco el Guardián habrá muerto y yo teñiré el suelo de rojo con la sangre de…

El nominado, deteniéndose de pronto, ladeó la cabeza cavilando.

—¿«Vuestros cuerpos»? —le sugirió Teodoro—. ¿Qué te parece mi idea?

—¿Te has vuelto loco? ¡Tío, no le des ideas al monstruo! —le recriminó Charlie.

—Vale, vale… —respondió su amigo asintiendo rápidamente con la cabeza—. A veces me paso un poco.

—No he podido oír lo que has dicho —rugió Tyrannus—. ¿Podrías acercarte un poco más, jovencito, y susurrarme la idea al oído?

—Pues va a ser que no —le gritó Teodoro—. Porque sé que me mandarías al otro barrio…

—¡Dagget! —rugió la directora interrumpiéndole—. ¿Quieres dejar, por favor, que me ocupe yo del asunto?

—¡Sí, sí! ¡Claro! —respondió el muchacho.

—¿Qué quieres, Tyrannus? Tenemos muchas cosas que hacer y no podemos perder el tiempo contigo —le gritó la directora.

—La expresión «perder el tiempo» implica que hay un modo de usarlo. ¡A mí personalmente me gusta hacerlo ejercitando las alas, zampándome la carne de inocentes y bailando al ritmo de la música que suena en mi cabeza!

El nominado dio un pequeño brinco. El Mundo de las Profundidades tembló como si hubiera ocurrido un terremoto.

¡Oh, Dios mío! ¡Está loco!, pensó Charlie.

La directora al ver la expresión asustada del chico, le lanzó una mirada como queriéndole decir: *¡Mantén la boca cerrada!*

—Sí, a todos nos gustaría bailar pegando brincos como tú. ¿Podemos ayudarte en algo, Tyrannus? —le preguntó al gigantesco murciélago.

—Sí. Me gustaría comeros.

—Me temo que no podemos permitírtelo. ¿Hay algo más que desees?

—Sí. Se me han quedado pegados los huesos de un arrojador de ácido entre los dientes. ¿Serías tan amable de meterte en mi boca y sacármelos?

—Lo haría con mucho gusto, pero tengo la sospecha de que no es más que una treta para ponerte morado con nosotros.

—¡Oh, qué astuta eres! —rugió Tyrannus sonriendo taimadamente—. ¡No puedo engañarte! Eres demasiado lista para el viejo Tyrannus… ¡Eres tan aguda como el diente de una hidra!

—¿Qué quieres? ¡Tenemos muchas cosas que hacer! —le espetó la directora perdiendo la paciencia.

—¡Oh, lo sé! —repuso el monstruo poniendo de pronto una expresión seria—. El Guardián se está muriendo y vosotros queréis salvarlo, pero yo lo que quiero es que ese pequeño engorro la palme de una vez. Por eso no puedo dejaros ir.

—¿Y cómo piensas detenernos?

—Matándoos, claro. Si os alejáis de la Anomalía lo suficiente como para abrir un portal, el Guardián ya no podrá protegeros con su aura y entonces os devoraré —dijo haciéndoles un alegre guiño.

—¿O sea que estamos empatados? —repuso la directora.

—Sólo hasta que el Guardián muera; entonces seré yo el que os llevará ventaja y os arrancaré la cabeza de cuajo —repuso Tyrannus con una sonrisa—. Así que… ¿cómo quieres que pasemos el tiempo que nos queda?

—Voy a hacer algo —le susurró la directora a Charlie—, y cuando lo haga, quiero que salgáis zumbando de la zona protegida de la Anomalía y que abráis un portal.

—¿Cómo sabremos cuándo hemos de echar a correr?

—¡Oh, no te preocupes, ya lo veréis! —repuso la mujer riéndose con los ojos—. Ahora… preparaos para el remojón.

De pronto echó a correr saliendo de la zona protegida y fue como una flecha hacia Tyrannus.

La reacción de la bestia fue instantánea.

La monstruosa criatura se irguió cuan alta era y empezó a aletear. A tan corta distancia su tamaño era impresionante. Pegó un chillido tan fuerte que Charlie cayó de rodillas, pero la directora ni se inmutó. Siguió corriendo directa hacia el monstruo, desde lejos parecía un ratón atacando a un león.

¡La directora va a morir! ¡Es imposible vencer a esa bestia!, pensó Charlie.

Tyrannus se lanzó hacia ella como una flecha. Cuando estaba a punto de alcanzarla, la directora agitó la mano y abrió un portal gigantesco entre ellos. El agua del océano se precipitó rugiendo por el portal con tanta fuerza que derribó a Tyrannus de espaldas y lo hizo rodar una y otra vez con las alas enredadas, arrastrando a los monstruos de la clase 5 que acudían en su ayuda.

¡La directora ha abierto un portal en medio de un océano de la Tierra!, pensó Charlie. Ahora comprendía lo que quería decir la palabra «remojón». Era el último recurso para salir de un aprieto, cuando una situación difícil se alargaba demasiado y huir era lo único que importaba.

—¡Venga! ¡Hagámoslo ahora! —gritó Charlie a sus amigos.

Echaron a correr los cuatro hacia Tyrannus intentando salir de la zona protectora de la Anomalía mientras el monstruoso murciélago forcejeaba para ponerse en pie. El instinto de Charlie le decía que se alejara de aquel mortífero ser en lugar de correr hacia él, pero sabía que la oportunidad que les había dado la directora era la única que tendrían.

Mientras corría, extendió la mano derecha, cerró los ojos e intentó abrir un portal. Normalmente lo lograba enseguida, pero nunca lo había hecho tan cerca de la Anomalía. Podía sentir su extraño poder como una manta húmeda sofocando las brasas que estaba intentando encender. Se concentró con más fuerza aún, intentando desesperadamente evocar su miedo más aterrador: el miedo a ser un bicho raro, a vivir en un mundo que lo despreciaba.

He metido a mis amigos en una situación peligrosa inútilmente, pensó. *¿Y por qué? ¿Para impresionar a una chica? ¿Cómo he podido ser tan estúpido? Van a morir por mi culpa y entonces voy a quedarme aquí, solo…*

Solo.

Para alivio de Charlie, las brasas del miedo empezaron a transformarse en una ardiente llama. Mientras corría hacia Tyrannus, sintió que el poder de la Anomalía disminuía y al cabo de unos momentos abrió un portal en la Academia de las Pesadillas.

—¡Lo conseguiste! —gritó Brooke, y Charlie volvió a sonrojarse, porque su amiga se había fijado en él y porque que lo hubier hecho era muy importante para él.

Tyrannus batiendo una sola vez sus monstruosas alas, se elevó por encima del potente torrente de agua que se precipitaba por el portal de la directora y se lanzó hacia Charlie y sus amigos, pegando un chillido tan alucinante que era como si el cerebro se te fuera a derretir…, pero cuando estaba a punto de alcanzarlos, desaparecieron por el portal.

Habían vuelto a la Academia de las Pesadillas.

Las armas de la Academia de las Pesadillas se encontraban en la espaciosa cubierta de una fragata de hierro que había cerca de la base del baniano, donde las ramas eran más gruesas y podía sostener el descomunal peso de la embarcación. Charlie y Violeta inspeccionaron la gran variedad de armas que colgaban en hileras de unos ganchos, sobre los que había un letrero que ponía: EQUIPO DE LOS ADIS.

—Aunque sean mucho mejores que las armas de los noobs, a mí me sigue gustando mi estoque —observó Charlie blandiéndolo con destreza en el aire.

—Te entiendo perfectamente —repuso Violeta—. A mí aún me sigue gustando Bun-Bun, el conejo de peluche que me regalaron de pequeña, pero a veces ves que ha llegado el momento de desprenderte de algo, ¿sabes? ¿Cómo quieres que este estoque te proteja de alguien como Tyranuus?

—¿Acaso hay algún arma que pueda protegernos de semejante monstruo?

—¡Venga, chicos! —les ordenó con severidad alguien detrás de ellos—. No es más que un simple cambio de armas. ¡Ni que os fuerais a casar con ellas!

Charlie se alegró de escuchar la voz dura y agradable al mismo tiempo de Mamá Rose. Era una mujer corpulenta y fuerte, de mejillas sonrosadas, que irradiaba un aura tan reconfortante como el aroma de las galletas con pedacitos de chocolate horneadas en casa.

—¡Venga, jovencita! Echa un vistazo a tu alrededor y elige el arma que te transmita algo —le dijo a Violeta.

Ella inspeccionó el montón de lanzas, mazas y espadas que colgaban de la pared de hierro del barco. A Charlie le recordaron las herramientas que su padre guardaba colgadas en el garaje.

—¡Quiero ésta! —exclamó la chica señalando un arma mientras se le iluminaban los ojos. Era un hacha de doble filo tan larga como su antebrazo y con un mango de madera de fresno.

—Te está diciendo algo, ¿verdad? —comentó Mamá Rose con una sonrisa.

—¡Oh, sí!

—Entonces cógela.

Violeta descolgó el hacha. Sosteniéndola fácilmente con la mano derecha, la blandió varias veces en el aire.

—¡Vaya! ¡Qué ligera y potente es!

—No tiene nada que ver con tu raquítica daga de antes, ¿verdad, jovencita?

—¡Sin duda! Sólo con sostenerla ya me siento invencible.

—Así es como un desterrador debe sentirse.

—¿Y por qué yo no puedo elegir un arma? —se quejó Teodoro, que había estado en un rincón poniendo mala cara—. Quizá no sea tan bueno como Violeta y Charlie, pero estoy seguro de que puedo manejarla. Como ya sabe, vengo de una antigua familia de desterradores.

—¡No me digas! —exclamó Mamá Rose con un deje de

ironía—. ¿Por qué no le dejas sostener la tuya? —le pidió a Violeta.

—¿Mi nueva hacha?

—Claro. Dásela. Acaba de decir que puede manejarla.

—De acuerdo —respondió la chica a regañadientes, e hizo lo que Mamá Rose le pedía.

—¡Ven con papá! —gritó Teodoro alegremente, rodeando con su mano el mango del hacha, pero en el instante en que Violeta la soltó, el arma cayó al suelo con la fuerza de un yunque produciendo un gran estruendo.

Mamá Rose se echó a reír con unas sonoras carcajadas.

—¡Jolín! —gritó Teodoro—. ¡Cuánto pesa! ¿Cómo puedes siquiera levantarla?

—No lo sé. A mí me parece muy ligera —observó Violeta encogiéndose de hombros.

—¡Porque eres una desterradora, chiquilla! —afirmó Mamá Rose—. Por eso puedes manejarla sin ningún problema—. Y tú, jovencito, deja de intentar ser alguien que no eres —le espetó a Teodoro.

Éste, avergonzado y enojado, se fue del barco a grandes zancadas sin decir una palabra.

—No debería haberle dicho eso. Le ha hecho sentirse mal —le dijo Charlie a la supervisora.

Mamá Rose giró su enorme cabeza hacia él. Por la mirada que le echó, Charlie deseó no haber abierto la boca.

—Ahora escúchame, Charlie Benjamin, escúchame bien. No le haces ningún favor a ese chico al decirle que es algo que no es. Teodoro puede llegar a ser un gran abreportales o un desterrador horrible. Pero aunque ahora no te lo parezca, esto hará que en el futuro se convierta en un héroe o que pierda la vida. ¿Quieres ser responsable de ello?

—No, señora —respondió Charlie en voz baja.

—¡Entonces crece de una vez!

«Crece de una vez.» Estas palabras se quedaron flotando en el aire como una nube tóxica.

Desesperado por huir de ellas, Charlie se giró hacia la pared de la que colgaban las armas y buscó algo con que reemplazar su estoque. Al cabo de un instante vio lo que andaba buscando.

—¿Otro estoque? —exclamó Violeta sin acabar de creérselo al ver que Charlie descolgaba una reluciente espada. Al blandirla en el aire, emitió un poderoso silbido.

—Bueno, si no va a partirse…

—Aquí están los nuevos adis —oyó Charlie que alguien decía detrás de él. Al volverse vio a Pinch acercándose—. Ya veo que no habéis tardado en saltaros a la torera lo que os dije para saliros con la vuestra.

¡Oh, no! ¡Pinch otra vez!, pensó Charlie.

—La directora nos mandó que renováramos nuestras armas —repuso Violeta plantándose delante de su amigo para defenderlo—. Nos dijo que nos nombraba adis sin que nosotros se lo pidiéramos.

—¡Oh, sí, claro! —exclamó Pinch con ironía—. Sois totalmente inocentes, como los presos de cualquier cárcel, todos afirman no haber hecho nada. Teodoro me ha contado que nos espera una pequeña aventura que va a liderar nuestro joven jefe Benjamin.

—La directora quiere que nos ayudes a conseguir la leche de la hidra porque tú conoces el Mundo de las Profundidades —dijo Charlie.

—Sí, mi conocimiento es tan vasto y profundo como el océano del cuarto anillo, que es justamente adonde vamos a ir. ¿Estáis listos?

Charlie, Pinch, Teodoro y Violeta se reunieron en la cubierta del barco pirata para preparar su vuelta al Mundo de las Profundidades.

—Quizá tenga que abrir un par de portales para dar con el cuarto anillo. Tal vez haya de intentarlo varias veces, porque es la primera vez que abro un portal en él —reconoció Charlie.

—Pues yo ya lo he hecho —exclamó Teodoro alegremente.

Todos se lo quedaron mirando incrédulos.

—¿Qué pasa? Vale, cometí un error y los monstruos casi me devoran, pero no se puede hacer una tortilla sin romper antes varios huevos, ¿verdad?

—Pues yo creo que tú has roto el cartón entero —le soltó Violeta con una sonrisa burlona.

—¡Ja, ja, qué graciosa! Tengo buenas noticias, chicos. Puedo llevaros de nuevo al cuarto anillo sin ningún problema.

Lo más asombroso de todo es que ya ni se acordaba del comentario de Mamá Rose. A Charlie le asombraba la rapidez con la que Teodoro cambiaba de humor. Las emociones eran para él como una tormenta que estallaba de pronto y que amainaba con la misma rapidez.

—¡Hola, siento llegar tarde!

Al girarse, vieron a Brooke saliendo del ascensor en forma de velero. Se había cambiado de ropa y peinado. Cada vez que Charlie pensaba que estaba guapísima, se sorprendía al ver que lo estaba más aún.

—¡Hola, Brooke! Llegas justo a tiempo —exclamó Teodoro acercándose a ella pegando saltos.

—¿Por qué estás aquí? —preguntó Violeta irritada—. No te lo tomes mal, Brooke, pero tú no eres una desterradora ni una abreportales —añadió.

—Es verdad —reconoció la chica poniéndose a la defensiva—. Pero soy una lit. Una facilitadora. Y mis conocimientos os pueden ser útiles.

—Claro que pueden sernos útiles, por eso Pinch va a acompañarnos, ¿verdad? —dijo Violeta girándose hacia el hombre barbudo.

Pinch sonrió, estaba disfrutando de la trifulca entre las dos chicas como un muerto de hambre ante un suculento banquete.

—Creo que es mejor que dejemos que Charlie decida si Brooke viene con nosotros o no —sugirió divirtiéndose con la situación—. Después de todo, como es la directora la que con su gran sabiduría lo ha puesto al mando de esta pequeña aventura, es él quien debe decidirlo, ¿no os parece?

Todos se giraron hacia Charlie. Él se movió nerviosamente.

—¿Qué decides? ¿Viene con nosotros? —le preguntó Violeta.

—Mmm…

—¿Quieres que os acompañe, Charlie? —le preguntó Brooke acercándose a él. Sentir su cuerpo tan cerca le perturbaba y emocionaba al mismo tiempo.

—¡Pobre Charlie! —exclamó Teodoro riendo—. Todo cuanto puedo decir es que por primera vez me alegro de no ser tú.

Charlie odiaba tener que decidirlo él, pero no le quedaba más remedio. Si aceptaba a Brooke, Violeta diría que lo hacía porque estaba enamorado de ella y quería impresionarla. Y si no la aceptaba, Brooke diría que era el títere de Violeta y que siempre hacía lo que su amiga le decía. Tenía todas las de perder.

¿Debía disgustar a Violeta o a Brooke?

—Creo que lo mejor, Brooke, es que te quedes aquí para cuidar de nuestra base de operaciones —dijo después de reflexionar a fondo sobre la situación durante un momento—. Me refiero a que esta misión es muy peligrosa y no tienes por qué arriesgar innecesariamente tu vida, ¿no te parece?

La joven se lo quedó mirando abatida y enojada.

—¡Muy bien! ¡Buena suerte a todos! —dijo por fin.

Brooke dio media vuelta, se subió al ascensor en forma de velero y descendió rápidamente a las frondosas ramas de la base. Violeta estaba contenta, pero Charlie se quería morir.

¡Qué mal! ¡Qué mal lo he pasado!, pensó.

—¡Venga! —exclamó Pinch, que seguía pasándoselo en grande con la situación—. Vayamos al Mundo de las Profundidades a buscar la leche de la hidra, ¿no os parece?

9

EL OCÉANO ATERRADOR

Rex se había referido en una ocasión al océano del cuarto anillo como «las Escalofriantes Profundidades». Como de costumbre, Pinch le había llevado la contraria diciendo que debía llamarlo el Océano Aterrador. Rex rechazó la sugerencia del hombre barbudo alegando que ese nombre carecía de belleza y poesía, pero Charlie al ver el océano por primera vez pensó que Pinch tenía razón, ¡porque era de lo más aterrador!

El océano del cuarto anillo, una masa tan inmensa que parecía no tener fin, era una eternidad de agua revuelta, negra y fría. Unas gigantescas olas rompían en la orilla, frente a ellos, rociándolos con su espuma. Las crestas blancas de las olas eran de un lúgubre color gris y el fuerte viento que agitaba la superficie del agua despedía un desagradable olor a podrido.

—¡Este lugar es horrendo! —exclamó Teodoro mirando a su alrededor consternado.

—¡Estoy totalmente de acuerdo contigo! —repuso Charlie—. ¿Qué crees que debemos hacer? —le preguntó a Pinch.

—¿A mí me lo preguntas? ¿Quieres oír mi opinión? Pero si eres tú el jefe de esta alegre pandilla…

—¡Venga, no seas así! —le insistió Charlie—. Necesitamos tu ayuda. Yo no tengo idea de cómo encontrar a la madre hidra.

Pinch sacudió la cabeza.

—¡No, no, no, eso es imposible! —exclamó—. La directora te ha puesto al mando de esta expedición, así que debes saber lo que hay que hacer. Después de todo, si ella hubiera creído que yo era la persona idónea, me habría designado a mí como jefe.

Charlie lanzó un suspiro. Sabía que Pinch podía ser insoportable, pero esto ya pasaba de castaño oscuro.

—Debíamos haber aceptado a Brooke —refunfuñó Teodoro—. Quizá no tenga tanta experiencia como Pinch, pero al menos nos habría ayudado en algo.

—¡Muy bien dicho! —exclamó el hombre barbudo sonriendo a Charlie—. ¡Qué vergüenza! Es la primera decisión que tomas como jefe y ya has decepcionado a tus seguidores, que dudan de tu criterio. Me pregunto si la directora se equivocó al elegirte como líder.

—¡Déjalo ya, Pinch! —le soltó Violeta—. Ésta no es una cuestión personal, sino una misión que debemos llevar a cabo, así que ayúdanos de una vez.

Charlie no estaba seguro de si Violeta era sincera al defenderlo o de si simplemente no quería que los demás la culparan por haber dejado a Brooke. Pero de todos modos funcionó.

—Las hidras prefieren las aguas profundas —dijo Pinch por fin—. Por eso no veremos a ninguna en la orilla.

—¡De acuerdo! Ahora lo único que necesitamos es encontrar la forma de transportarnos el centro del océano —respondió Charlie.

—Yo podría abrir un portal y robar una barca —sugirió Teodoro.

—¡Genial! ¿Y cómo la robamos?

—¡Pues no lo sé! Yo soy sólo el que sugiere ideas, el tío con una visión de conjunto, el que piensa en grande. Tú eres el de la logística.

—¿Yo? ¿Por qué soy yo el que siempre...?

—¡Eh, mirad! —exclamó Violeta antes de que Charlie pudiera acabar la frase, señalando algo que parecía una balsa plateada flotando en el agua, en el horizonte. ¿Qué es eso?

—Eso es —observó Pinch con una ligera sonrisa— la solución a nuestro primer problemilla.

No era una balsa. Era una medusa.

Una medusa gigantesca.

Charlie fue nadando entre las grandes olas hacia el lugar donde aquella criatura plateada flotaba en medio del agua oscura y helada.

—¡Ten cuidado con los tentáculos! —le gritó Pinch mientras él y los demás le seguían—. Si la medusa te pica, te dejará paralizado.

¡Fenomenal!, pensó Charlie mirando el agua turbia del océano. *¿A quién sino a nosotros se nos iba a ocurrir elegir una balsa que puede dejarte paralizado?*

Debajo del cuerpo gigantesco de la criatura, flotaba una maraña de tentáculos relucientes. Eran gruesos y largos, y palpitaban asquerosamente hasta desaparecer, retorciéndose en la oscuridad. Procurando no tocarlos, Charlie se agarró al lomo gomoso de la medusa y se subió a él. Le produjo una sensación repugnante —era como una babosa pegajosa y húmeda—; además, podía ver los órganos de la medusa palpitando suavemente bajo su piel reluciente y translúcida.

—¡Puaj, qué asco! —exclamó Violeta trepando al lomo detrás de Charlie—. ¿Cómo se llama este bicho?

—Medusa explosiva —terció Pinch mientras ella le ayudaba a subir.

—¿Medusa explosiva? —repitió Teodoro trepando también al lomo de la criatura—. ¡Qué nombre más estúpido!

—Pues es el más adecuado, créeme.

—Vale. ¿Y ahora cómo hacemos que esta medusa explosiva nos lleve adonde queremos ir? —preguntó Charlie.

—Es muy fácil. Son unos animales muy simples e instintivos: o bien van adonde hay comida, o bien se alejan de aquello que les hace daño.

—¡Perfecto! —exclamó Violeta colocándose en el lado de la medusa que daba a la orilla y clavándole en el lomo el canto del hacha para espolearla.

La reacción fue instantánea.

La medusa explosiva se alejó rápidamente de la orilla —y del dolor que le había producido el hacha de Violeta— nadando hacia las aguas oscuras y profundas del océano. A Charlie le sorprendió la fría eficacia de su amiga. Él probablemente habría hecho lo mismo, pero no le habría gustado.

—¡Qué amable! —exclamó Teodoro mientras la medusa explosiva los llevaba al océano abierto—. Ahora sólo tenemos que estar atentos para dar con una hidra.

Media hora más tarde vieron una.

Se desplazaba en medio de un gigantesco banco de medusas explosivas que flotaban indolentemente en las oscuras aguas como corchos. Charlie se sorprendió al ver el tamaño gigantesco de la hidra. Era como un *bulldozer* y tenía seis cabezas con unos dientes brillantes y afilados. La piel, verde y escamosa, le daba el aspecto de un dragón; además estaba dotada de una ancha cola que la propulsaba por las revueltas aguas.

—¿Es una hembra? —preguntó Charlie.

Pinch sacudió la cabeza.

—No, es demasiado pequeña para serlo y no tiene el color adecuado. Las hembras son mucho más grandes y tienen la piel azulada, o al menos eso es lo que se rumorea. Como nadie ha visto nunca ninguna, no sabemos dónde viven.

De pronto la hidra pegó un grito de dolor y empezó a revolverse furiosamente proyectando grandes cortinas de agua. Charlie vio que alrededor de sus patas palmeadas se habían enroscado los relucientes tentáculos de una medusa explosiva como un montón de enormes espaguetis.

—¡Una medusa ha atrapado a la hidra! ¡Y las otras también van a por ella! —gritó Violeta.

—¡Sí, y también la nuestra! —añadió Charlie al ver que la medusa sobre la que iban montados se dirigía como una flecha hacia la hidra que forcejeaba intentando huir.

Las medusas explosivas la rodearon envolviéndola con sus venenosos tentáculos, y cuanto más se revolvía la hidra, más apresada se quedaba entre ellos. La hidra les mordió violentamente con sus seis cabezas, haciéndoles grandes desgarrones en el cuerpo, de los que manó un líquido espeso y claro.

—¡Eh, mirad! ¡Se están volviendo de color rojo! —gritó Teodoro.

El color plateado de las medusas que luchaban contra la hidra fue cambiando lentamente y se convirtió en un vivo escarlata que iba aumentando en su interior.

—¡Oh, no! —dijo Pinch con un hilo de voz.

—¿Qué pasa? ¿Por qué dices «¡oh, no!»? —preguntó Charlie.

—Creo que es mejor que nos alejemos de las medusas.

—¿Por qué?

De repente una de las medusas estalló con tanta fuerza que casi partió a la hidra de seis cabezas por la mitad. Una a una, en una reacción en cadena de pesadilla, fueron estallando con un ruido atronador, tan fuerte como el disparo de un cañón. Sobre Charlie y sus amigos cayó una lluvia de carne desgarrada y de inmundicias.

—¡Por eso he dicho «oh, no»! —dijo Pinch sacándose un montón de pegajosos pedacitos de carne de la barba.

Mientras se acercaban a las criaturas explosivas, Charlie se colocó rápidamente delante de sus amigos y le clavó con fuerza el estoque a la medusa. El animal marino dio un giro en el acto, alejándose de las otras medusas explosivas.

—¡Venga, venga…! —la azuzó el chico para que se apresurara.

La medusa en la que iban montados se alejó de las explosiones con una desesperante lentitud. Charlie estaba seguro de que la última onda expansiva les iba a alcanzar, pero al final consiguieron alejarse lo suficiente justo antes de que la última medusa estallara proyectando una repugnante y violenta cortina de agua.

—¡Qué asco! —exclamó Violeta sacándose un montón de carne y de sangre de la cara.

—¿Qué asco? ¡Si ha sido increíble! ¡Qué espectáculo! —gritó Teodoro.

—Admito que ha sido muy espectacular, pero no tiene ningún sentido. ¿Se suicidan para derrotar a sus oponentes? ¡Están locas! —afirmó Charlie.

—Pues las abejas también hacen lo mismo —observó Pinch—. Saben que en cuanto pican a alguien se mueren, pero les da igual, porque el enjambre de abejas es más importante que su propia vida. Se sacrifican para proteger al grupo.

—Supongo que es así.

—¿Supones que es así? ¿Crees que te estoy contando una trola? ¿Que me he vuelto majara y he decidido pasarme el día dándote información falsa como si fuera un lunático?

—No —respondió Charlie, sorprendido por la extraña y violenta reacción de Pinch—. Sólo quería decir que no me parece una buena estrategia de supervivencia.

—¡Y qué sabrás tú de supervivencia, Charlie Benjamin! —rugió el hombre barbudo poniéndose como un basilisco—. ¡Si no te ha ocurrido nada terrible en toda tu vida! No has tenido que superar ninguna experiencia horrible, tus padres siguen con vida, aún tienes el Don y estás aquí actuando como si supieras muchas más cosas que yo, ¡cuando yo fui en el pasado el mejor de todos! Mi poder era tan grande que el tuyo parecería una broma en comparación. ¡Qué niñato más miserable y arrogante!

Jolín, ¿de dónde le vendrá toda esa mala uva?, pensó Charlie.

Teodoro y Violeta se miraron incómodos. Ninguno de los dos sabía cómo reaccionar.

—Lo siento —dijo Charlie al fin, comprendiendo que a una persona tan orgullosa como Pinch debía repatearle que un niño de trece años fuera su jefe—. Sé que perdiste a tus padres cuando tenías nuestra edad y que fue incorrecto lo que el Departamento te hizo años atrás. Nunca he pretendido poner en duda tus conocimientos. Sólo estaba…

—¿Qué? ¿Sólo estabas qué?

Cuando Charlie iba a responderle, sintió un extraño oleaje bajo sus pies.

—¿Habéis notado eso?

—Sí, yo también —respondió Violeta alarmada.

Charlie miró a uno de los lados de la medusa explosiva en la que iban montados, intentando ver debajo del agua. Pero era tan oscura que parecía un tintero.

—Supongo que no ha sido nada. Sólo me pareció…

De súbito una hidra salió de las profundidades del océano, chocó contra la medusa explosiva e hizo que volcara. Todos cayeron al agua turbia del océano del cuarto anillo. El monstruo acuático con varias cabezas intentó perseguirlos, pegando mordiscos en el aire, pero quedó atrapado entre el pegajoso montón de tentáculos venenosos de la medusa que estaba ahora panza arriba.

—¡Nadad! ¡Alejaos! ¡Va a estallar! —gritó Charlie.

Su antigua balsa empezó a adquirir un intenso color rojo.

Nadaron frenéticamente para alejarse de la medusa explosiva mientras la hidra se defendía pegándole mordiscos, pero cuanto más luchaba, más atrapada se quedaba entre los tentáculos venenosos de la medusa. Al cabo de poco, las dos criaturas se habían fundido en una masa de dientes y tentáculos y de ellas manaba un chorro de sangre espesa.

—¡No paréis! ¡Seguid nadando unos metros más! —gritó Charlie escupiendo el agua fétida y salada que le entraba por la boca—. Creo que ya casi estamos fuera del alcan…

De pronto la medusa estalló y mató a la hidra en el acto, generando una descomunal onda expansiva que se extendió por el agua. A Teodoro le alcanzó con tanta fuerza que perdió el conocimiento.

Se hundió en las profundidades negras e insondables del océano.

—¡Teodoro! —chilló Charlie intentando desesperadamente mantenerse a flote. El agua estaba helada y los músculos se le estaban paralizando con el frío. Nadó hacia el lugar donde su amigo se había hundido, pero aún le quedaban varios metros.

—¡Lo he visto! —grito Violeta sumergiéndose en las turbias aguas.

¡Encuéntralo! ¡Por favor, no dejes que muera!, pensó Charlie cada vez más aterrado.

Los diecisiete segundos que contó antes de que Violeta saliera a la superficie sosteniendo a Teodoro contra su pecho se le hicieron interminables.

—¡Despierta, Teodoro! ¡Me cuesta mantenerte a flote!

El chico parpadeó.

—¿Hemos llegado? —preguntó desorientado.

—¡No, estamos quién sabe dónde! —gritó Charlie flotando panza arriba en el agua—. ¡Estamos solos en medio del océano en el cuarto anillo del Mundo de las Profundidades!

—Pues ya no estamos solos —observó Pinch alarmado mirando a lo lejos.

Al levantar la cabeza, Charlie vio otra hidra aproximándose como una flecha hacia ellos.

—¡Lo que faltaba! —murmuró desenvainando el estoque.

Unos instantes más tarde, la bestia llegaba e intentaba morderle con sus seis pares de hileras de afilados dientes. A Charlie le invadió la familiar sensación de calma que un desterrador sentía al actuar. Rechazó una tras otra las embestidas de las feroces fauces de la hidra con una rapidez y elegancia que parecían casi sobrenaturales; en realidad, lo eran, pero sabía que no podría luchar eternamente.

Si pudiera abrir un portal, el agua caería por él y nos arrastraría lejos de la hidra, pensó.

Pero aunque Charlie fuera un Doble Amenaza y pudiera actuar como un desterrador y un abreportales, sabía que no podía hacerlo al mismo tiempo. Si dejaba de luchar un solo segundo para abrir un portal, él y todos los demás morirían. Teodoro estaba demasiado débil como para ayudarle y Violeta intentaba con todas sus fuerzas sostenerlo para que no se ahogara. Y Pinch…, bueno, hacía décadas que no abría un portal… La repugnante práctica de la reducción del Departamento de las Pesadillas le había quitado el Don.

Mientras Charlie seguía rechazando el ataque con su estoque, advirtió que se acercaban nadando otras dos feroces hidras.

Ahora había tres.

—¡Deja de luchar! ¡Es imposible vencerlas! —gritó Pinch.

—Pero ¿qué dices? ¿Te has vuelto loco? Si dejo de luchar, me devorarán. Nos devorarán a todos —vociferó Charlie.

—¡Haz lo que te digo!

—¡Es un suicidio!

—¡Si no me haces caso, morirás! ¡Guarda el arma… de una maldita vez…!

¿De qué está hablando?, pensó Charlie. ¿Acaso Pinch se había rendido? ¿Quería que todo acabara?

—¡Hazle caso! —gritó alguien detrás de él. Era Violeta. ¡No podemos vencerles! ¡Haz lo que te dice, no tenemos elección!

Actuando en contra de su instinto, Charlie bajó el estoque.

En cuanto lo hizo, la hidra lo rodeó con sus bocas y se lo tragó hasta la cintura. Charlie sintió los afilados dientes clavándosele en la espalda y la barriga. Aquel lugar era húmedo y oscuro como una tumba. Olió el pestazo que salía del estómago de la hidra de la última presa que se había tragado, olía a pescado podrido y a algas descompuestas.

Así es como voy a morir. Como todos moriremos, pensó.

La imagen de sus cariñosos padres sonriéndole con afecto apareció ante él. Hacía meses que no los veía, el Departamento de las Pesadillas se los había llevado a un lugar seguro después de darles nuevos nombres e identidades para protegerlos de los monstruos del Mundo de las Profundidades.

Deseó saber dónde vivían y si eran felices y estaban a salvo.

Deseó poder abrazarlos por última vez.

Deseó…

Entonces se hundió en la oscuridad.

10

ORDEÑANDO A LA HIDRA

Al volver en sí Charlie se descubrió tendido sobre una gran pila de huesos en el fondo de un profundo hoyo. Del alto techo goteaba agua y podía oír corrientes discurriendo a los lados. Al mirar a su alrededor vio a los demás junto a él, también estaban recuperando el conocimiento. No tenía ni idea de dónde se encontraban exactamente —parecía una especie de cueva—, pero al menos sabía que estaban con vida, y eso era lo más importante. Al levantarse la camiseta vio que los dientes de la hidra le habían dejado hileras de puntitos de sangre en la barriga y la espalda, pero por suerte las heridas no eran profundas.

—Charlie… —oyó que alguien le llamaba con un hilo de voz a su lado. Era Violeta—. ¿Hemos sobrevivido?

—Eso creo… Pero no sé cómo es posible. ¿Por qué no nos ha devorado la hidra?

—A causa de su estructura social —terció Pinch poniéndose en pie y dando un codazo en la huesuda columna vertebral de una especie de pez gigantesco, con lo que hizo que se desprendieran los pedazos de carne que colgaban de la caja torácica—. Los obreros dejan que la Madre Hidra coma primero la mejor parte de la presa y luego se zampan los restos.

—¿Por eso me dijiste que dejara de luchar? ¿Porque sabías que nos llevarían a la Madre Hidra? —le preguntó Charlie.

Pinch se encogió de hombros.

—Bueno, es que valía la pena intentarlo, ¿no te parece? Creo que todos debemos sentirnos agradecidos de que le guste comerse a las presas vivas, de lo contrario hubiéramos estado en una situación muy fea.

—Pues estar atrapados en el nido de las hidras esperando a que la reina nos coma, ¿no te parece más horrible aún? —preguntó Teodoro incorporándose.

—Una situación fea es mejor que la muerte, Dagget. ¿No crees?

—En lo único que estoy de acuerdo contigo es en que el trasero me duele de haber estado sobre esos malditos huesos.

—De acuerdo, evaluemos la situación —dijo Violeta encaramándose a la boca del hoyo. Charlie la siguió, pero lo que vio no fue nada esperanzador. Estaban en una especie de cueva submarina. En ella, unos ríos de agua alimentaban unas grandes y oscuras lagunas. Las hidras macho se zambullían en ellas, seguramente para nadar al océano abierto. Por lo menos había treinta de estas espantosas bestias. Al otro lado de las lagunas submarinas, Charlie vislumbró por primera vez a la Madre Hidra descansando como una reina en su trono.

Era enorme, casi tan grande como una ballena. Sus escamas, de un vivo color azul, brillaban incluso en la lívida luz de la cueva. Un par de sus gigantescas cabezas llenas de dientes permanecían vigilantes mientras el resto dormía a su lado. Varias crías de hidras, tan grandes como osos, jugaban a luchar unas contra otras en la cueva mientras el resto, apiñadas alrededor de la Madre Hidra, mamaban con fruición la leche que manaba de las hileras de mamas de la acorazada barriga de la enorme bestia.

—¿Veis esas mamas? —dijo Violeta señalando la panza de la Madre Hidra—. De ahí es de donde sacaremos la leche.

—Tienes razón. ¡Qué bien! —dijo Charlie.

—¿Qué bien? —repitió Teodoro trepando fuera del hoyo para unirse a ellos—. ¿Cómo pensáis conseguir la leche? No estamos en el súper, ¿sabéis? ¡No podemos pedirle a la reina que nos venda un cuarto de litro!

—¡Chisss! —exclamaron Charlie y Violeta al unísono.

—Mira, Teodoro, encontrar a la Madre Hidra era lo más difícil. Ahora sólo hemos de acercarnos a ella sin que se dé cuenta y ordeñarla —prosiguió Violeta.

—¡Oh!, ¿eso es todo? ¿Sólo hemos de acercarnos y ordeñar a un monstruo gigantesco? ¡Qué fácil! —susurró Teodoro.

El par de crías de hidra que estaban más cerca de ellos se giraron para mirarlos.

—¡Chisss! —exclamaron Charlie y Violeta con más fuerza para hacerlo callar.

—No te preocupes, porque soy yo el que va a hacerlo —añadió Charlie.

—¡Ni lo pienses! Esta operación requiere destreza y sutileza, precisamente las cualidades que posee el Doctor Dagget, el Doctor en Llevarlo a Cabo. ¡Soy un machote, nene! El tipo ideal para realizar esta misión —repuso Teodoro.

—¡Ajá! —dijo Charlie sonriendo burlonamente—. Pues por más tentadora que sea tu oferta, vas a quedarte aquí para abrir un portal para huir si algo sale mal.

—¿Cómo qué? ¿Por si te mueres?

—¡Teodoro! —le soltó Violeta.

—¡Eh, ha sido él quien lo ha dicho!

—No voy a morir. Sólo me refería… a que pueden ocurrir muchas cosas inesperadas —repuso Charlie.

—Que podrían hacer que murieras —repitió Teodoro—. ¡Pues por eso mismo soy yo y no tú el que va a ordeñar!

—La decisión ya está tomada —le espetó Charlie, y dio media vuelta como si el tema estuviera zanjado

—¿Ah, sí? ¡Muy bien! ¡Como quieras! Pues si las cosas no te salen como esperas, ¿quieres que les diga algo a tus padres de tu parte? ¿Y qué hacemos con tus restos? Por ejemplo, si todo cuanto queda de ti es un dedo, ¿lo recuperamos para el funeral o no hace falta y lo celebramos con un ataúd vacío?

—¡Teodoro, te estás pasando! —exclamó Violeta.

—Lo siento, pero no te vas a salir con la tuya. No me has asustado. Soy yo el que va a hacerlo —afirmó Charlie.

—¿Y yo qué? ¡Puedo hacerlo perfectamente? ¿O acaso no cuento porque soy una chica? —les soltó Violeta fulminándolos con la mirada.

—Mira, Violeta, sé que puedes hacerlo, pero tienes que quedarte aquí para proteger a Teodoro de las hidras por si algo sale mal y él ha de abrir un portal. Te necesito para luchar —repuso Charlie.

—¿Y yo qué? Ya sé que Violeta es una desterradora, ¡pero yo también puedo luchar! —terció Teodoro.

Charlie cerró los ojos con fuerza.

—¡Chicos, me estáis volviendo loco! ¿Podéis hacerme el favor de quedaros aquí sin tener una gran trifulca y hacer vuestro trabajo para dejarme ordeñar a la hidra en paz?

—¡Claro! —respondió Violeta.

—¡Estupendo! Y tú, Teodoro, ¿qué me dices?

—¿Qué? ¡Sí, vale, tío! Ve a ordeñar a tu estúpida hidra.

—¿Tienes al menos un plan? ¿Cómo piensas llegar hasta ella sin que te vea? —le preguntó Violeta.

—¡Ahora lo verás! —respondió él—. ¡Eh, ven aquí, pequeño! —le dijo a la cría de hidra que había más cerca.

La cría giró sus seis cabecitas hacia él. *Aunque sea un monstruo, este bicho es una monada*, pensó el chico.

—¡Muy bien, pequeño! Ven aquí, guapura, ven con Charlie —dijo al cachorro hablándole con dulzura.

El animal lo miró desconcertado y se acercó tambaleándose con sus cuatro inestables patitas.

—¡Buen chico! Ven, hidra, hidra, hidra; ven aquí, monada… —le susurró Charlie.

—¡Caramba! Eso de llamar a una cría de monstruo como un perrito no se ve cada día —observó Teodoro—. Por curiosidad, ¿cómo sabes que la cría no va a querer…, ya sabes a lo que me refiero…, comerte? Aunque sea una cría, es el doble de grande que tú.

—No va a hacerlo porque aún no come carne. Todavía la amamanta su madre, por eso me va a llevar directo a ella.

Un par de segundos más tarde, llegó la cría de hidra. Charlie le acarició suavemente sus seis cabecitas. El pequeño se puso a ronronear, por lo visto los mimos le gustaban.

—¡Muy bien! ¡Ahí voy!

Charlie echó un vistazo a los machos de la manada, ocupados moviéndose pesadamente por la enorme cueva. Como no parecían haberse dado cuenta de nada, salió del hoyo pegando un salto y se deslizó debajo de la monstruosa cría. Rodeándola con los brazos y las piernas, se pegó a su barriga como una cría de mono.

—Venga, pequeño, llévame hasta tu mamá. ¿No tienes hambre? ¿No tienes sed?

La cría se quedó plantada en el lugar. Charlie no entendía por qué no se movía, hasta que comprendió que estaba mirando llena de curiosidad a Teodoro.

—¡Vete-vete-vete! —le soltó el chico flacucho a la cría de monstruo—. ¡Mutante de seis cabezas! ¡Bichejo escamoso!

—añadió poniéndose los pulgares en las orejas, moviendo los dedos, sacándole la lengua y haciéndole una pedorreta.

—¡Teodoro! —musitó Charlie intentando desesperadamente seguir agarrado a la monstruosa cría.

—¿Sí?

—¿Quieres hacerme el favor… de no distraer… al monstruo?

—¡Oh, sí, claro!

Sin decir una palabra más, Teodoro bajó al fondo del hoyo para unirse a Pinch en aquel revoltijo de huesos.

—¡Que te vaya bien! ¡Ten mucho cuidado o mucha suerte! —dijo Violeta.

—Intentaré tener ambas cosas —repuso él dirigiéndole una fugaz sonrisa—. ¡Venga, nene, llévame con tu mamá! —le soltó a la cría de hidra.

El animal dio media vuelta y cruzó la cueva con Charlie pegado a su barriga. Mientras sorteaba zigzagueando con pasos tambaleantes a los machos, el chico contuvo el aliento, rezando para que no le vieran ni olieran. Para su alivio, ni una sola hidra miró en su dirección.

Por fin la cría llegó hasta su mamá.

De cerca, el estómago de la hidra se veía tan alto, duro y enorme como la pared de un acantilado. Charlie oyó a las crías succionando la leche apiñadas alrededor del montón de hileras de mamas.

¡Relájate! No hagas ruido, se dijo.

Por suerte, las crías estaban tan interesadas en alimentarse que no se percataron de su presencia. En cuanto a la Madre Hidra, cuatro de sus cabezas estaban durmiendo apaciblemente y las dos que permanecían despiertas tenían los ojos entrecerrados, como si fueran a echar una cabezadita en cualquier momento. Cuando la cría empezó a mamar, Charlie salió de debajo de ella y echando un rápido vistazo, encontró una mama libre de la que rezumaba un líquido blancuzco.

¡Leche! ¡He dado con la leche de la hidra!, se dijo alegremente.

Pero de pronto, para su horror, vio que en medio de aquella loca aventura se había olvidado de llevar un recipiente para guardarla.

¡Oh, no! ¿Cómo puedo haberme olvidado de algo tan sencillo? ¡Soy un imbécil! ¡Soy un imbécil!, pensó.

Intentó calmarse y pensar con lucidez. *Debo de llevar algo encima, algún pequeño recipiente que pueda usar*, se dijo. Inspeccionó desesperadamente todo cuanto llevaba: ¿el cinturón, los zapatos, la cartera? No, no y no.

¡Venga, debo de tener algo que me sirva!, se dijo.

Cuanto más lo buscaba, menos parecía encontrarlo, hasta que por fin dio con algo que podía servirle.

¡El bálsamo labial!

En el bolsillo llevaba un tubito de bálsamo labial con sabor a uvas.

Lo sacó del bolsillo, le quitó la cubierta y lo giró hasta que la barra de labios quedó totalmente expuesta. Entonces sacó la barra para que quedara sólo el tubito vacío y la cubierta.

¡Gracias a Dios! ¡Creo que esto me servirá!, pensó sudando profusamente. Después de todo, la directora había dicho que el Guardián sólo necesitaba tomar un sorbito de leche, ¿verdad? Seguro que la cantidad del tubito le bastaría.

Obligándose a concentrarse a pesar de que el corazón le latía frenéticamente, se giró hacia la mama rezumante… y se topó de pronto con una de las cabezas de la Madre Hidra mirándole sorprendida con los ojos abiertos de par en par.

El monstruo retrayendo sus enormes labios le mostró unas encías negruzcas pobladas de unos dientes salidos tan largos como bates de béisbol. Sus ojos de color naranja se convirtieron en dos rendijas viperinas y le lanzó en silencio una furibunda mirada.

—¡Oh, no! —dijo Charlie dando un grito ahogado—. ¡No puede estar pasándome esto!

—¿Cómo le va a Charlie? —preguntó Teodoro.

—Pues no lo sé —repuso Violeta intentando dar con él—. Hay tantas crías apiñadas alrededor de la Madre Hidra que no puedo verlo.

En aquel instante la Madre Hidra pegó un rugido tan atronador que las tranquilas aguas de las lagunas se cubrieron de ondulaciones. El gigantesco monstruo se puso en pie de un brinco, pegando furiosos mordiscos en el aire con sus seis cabezas e intentando atacar a Charlie.

—¡Echad a correr! —oyeron decir a alguien. Era Charlie—. ¡Abrid un portal! ¡Socorro! ¡Socorro!

Vieron la pequeña figura de su amigo a lo lejos corriendo como un loco hacia ellos, pero aún estaba a la distancia de un campo de fútbol.

—¡Sabía que esto iba a ocurrir! —gimió Pinch mientras los machos salían velozmente de todos lados pegando mordiscos en el aire. Violeta cogió el hacha tan deprisa que parecía haberle saltado a la mano como por arte de magia. Al blandir rápidamente su reluciente filo azulado, varias cabezas de hidra cayeron rodando al hoyo, moviéndose espasmódicamente.

—¡Abre un portal! ¡Intentaré contenerlos hasta que Charlie llegue! —le gritó a Teodoro.

Violeta se puso a girar y a pegar botes blandiendo su hacha de doble filo y a cortar cabezas de monstruos. Mientras tanto, Teodoro cerró los ojos e intentó evocar su peor miedo...

Si pierdo la vida aquí, mi padre me matará, pensó.

Charlie cruzó la cueva a toda pastilla... como alguien que..., bueno, como alguien perseguido por una hidra gigantesca. Se acercó el tubito de lápiz labial al oído y lo agitó un instante.

Oyó un ligero ruido de líquido al moverse.

Había leche.

¡La leche de la hidra!

Justo antes de que la mortífera bestia lo atacara, había logrado robarle un chorrito de leche de la mama más cercana. *Hay muy poquita, pero espero que sea suficiente*, pensó.

Aunque su tremenda habilidad como desterrador le permitiera correr a una velocidad insólita, la Madre Hidra le estaba dando alcance rápidamente. Sintió el aliento de sus bocas quemándole la espalda como un horno. Sabía que no podía superarla en velocidad ni en fuerza, así que su única opción era vencerla con alguna artimaña.

—¡Cógelo! —gritó lanzando el tubito a Pinch, que ya se había preparado para atraparlo.

—¡Lo tengo! —gritó el hombre, eludiendo las mandíbulas de un macho, al tiempo que Violeta lo salvaba de otros con una pasmosa destreza con el hacha. Mientras Teodoro intentaba abrir un portal, Charlie se preparó para abrir otro, esta vez en el océano Pacífico.

El remojón. Ha llegado el momento de usar el último recurso, pensó.

Corriendo como un loco, extendió la mano derecha, cerró los ojos y comenzó a abrir un portal...

Pero antes de que pudiera acabar de abrirlo, el suelo empezó a retumbar violentamente.

Las estalactitas se desprendieron del techo y cayeron al suelo rocoso como lanzas gigantescas. El agua de las lagunas se desbordó por las orillas e hizo que la superficie fuera tan resbaladiza que Charlie y las hidras patinaban sin poder evitarlo.

¿Qué está ocurriendo?, pensó

Los temblores, la forma en que el suelo se movía le resultaban familiares…

¡No, no puede ser!, se dijo.

El suelo rocoso del centro de la cueva se abrió en medio de un fuerte estallido y una criatura gigantesca en forma de gusano salió de él. Su monstruoso cuerpo gris era tan ancho y casi tan largo como un cohete espacial. Tenía cientos de patas alineadas a los lados como un ciempiés, y su cabeza era una cúpula puntiaguda que parecía la gigantesca barrena de una taladradora. El gusano se irguió en el aire adoptando la forma de una ese, echando su dura cabeza hacia atrás y revelando dos ojos enormes y negros en una cara de insecto dotada de antenas articuladas.

En medio del cuerpo llevaba un reluciente cinturón negro cubierto de runas rojas. Charlie vio en el acto que era uno de los artilugios del Mundo de las Profundidades.

—Hola, Charlie Benjamin —dijo el nominado con una voz carrasposa por el polvo.

—Hola, Slagguron —respondió el chico.

11

SLAGGURON EL INALTERABLE

—¿Sabes quién soy? —le preguntó el tercer nominado con una voz tan atronadora que la cueva tembló.

—Pues sí, porque ya conozco al otro nominado y tú llevas encima uno de los artilugios del Mundo de las Profundidades —observó Charlie señalando el reluciente cinturón que llevaba Slagguron en medio de su viscoso cuerpo. Además, como eres tan grande como una casa, lo he supuesto.

—He oído que eres muy listo, Charlie Benjamín. Muy rápido. Alguien de cuidado, y veo que es verdad —observó Slagguron sonriendo.

—Tal vez hayas oído hablar de mí, pero yo apenas he oído nada de ti. Por lo que sé, nadie te había visto hasta ahora.

—Porque a diferencia de los otros, yo vivo bajo tierra. Solo —afirmó Slagguron pronunciando la palabra «otros» con un deje de desdén.

—¿No te caen bien los otros nominados? —preguntó Charlie pensando que en un futuro podía aprovechar cualquier división entre los nominados, si es que vivía para contarlo.

—No me caen ni bien ni mal. Yo soy simplemente el cuarto nominado. Y tengo una misión que cumplir —respondió.

—¿Convocar al Quinto?

La gigantesca criatura asintió con la cabeza.

—Para hacerlo necesito que me ayudes, Charlie Benjamin. Debes abrir un portal para que pueda entrar en la Tierra.

—Creía que tenías otro plan, que usabas a los niños para intentar matar al Guardián y que luego planeabas escapar por la Anomalía —dijo el chico avanzando hacia él.

—No, ése es el plan de Tyrannus. La Anomalía es una zona demasiado elevada para mí. Yo no puedo volar.

Charlie se sorprendió un poco al oírlo, nunca había pensado en ello.

—¿Ah, sí? ¿Entonces no planeabas secuestrar a esos niños para traerlos al Mundo de las Profundidades?

Slagguron sacudió la cabeza.

—Ellos no pertenecen a este lugar.

—Pues créeme, no vamos a dejar a ninguno abandonado aquí a su suerte. Nos llevaremos a todos los niños que encontremos de vuelta a la Tierra.

—Llévame con ellos —le pidió Slagguron con una voz firme y tranquila, como si le estuviera pidiendo que le llevara en bicicleta al súper de la esquina.

—No creo que pienses de verdad que voy a hacerlo, porque sería una locura. Estás planeando matarnos.

—Sí.

—Entonces, ¿por qué iba a ayudarte?

Slagguron se deslizó hacia ellos, era como un rascacielos moviéndose.

—Los cuatro nominados acabaremos entrando en la Tierra, Charlie Benjamin. Con tu ayuda o sin ella. Si te unes a nosotros, no te haremos daño. Te protegeremos.

—¡Eso es mentira! Barakkas me dijo lo mismo e intentó

matarme. Y Verminion le aseguró lo mismo a Pinch antes de cargarse a toda su familia.

—¡Es verdad! —afirmó el hombre barbudo a una cierta distancia detrás de Charlie.

Slagguron le lanzó una mirada. Pinch retrocedió rápidamente.

—Es cierto, pero no me comparéis con los otros —respondió el monstruo—. Verminion es un mentiroso. Siempre dice una cosa y hace otra. Sus palabras se las lleva el viento. Es como una veleta. Pero yo soy inalterable, como las rocas que horado.

—¿Y qué me dices de Barakkas? ¿Qué piensas de él? —insistió Charlie.

—En un momento está tranquilo y al siguiente se enfurece. No es estable. Siempre está cambiando. En cambio yo soy inalterable, como las rocas que horado.

—¿Y Tyrannus?

—Tyrannus es un demente. Su mente está llena de locura. Siempre está cambiando, pero yo soy inalterable…

—¿Como las rocas que horadas? —gritó Teodoro.

Todos lo fulminaron con la mirada.

—¡Lo siento! —exclamó el muchacho fingiendo cerrarse los labios con una cremallera.

—¿Me ayudarás, Charlie Benjamin? —preguntó Slagguron—. Si lo haces, te garantizo que no te pasará nada.

—¿Cómo sé que no cambiarás de idea? Que será algo… tan inalterable como tú afirmas ser.

—Fíjate en mis acciones. Yo ya te he protegido de la hidra.

Charlie echó una mirada a la Madre hidra. En medio del caos, se había olvidado de ella. La hidra se había detenido, era evidente que el colosal nominado la aterraba.

—Es posible que alguien, no yo, por supuesto, pudiera alegar que la única razón por la que me has salvado de la hidra ha sido porque si me matabas yo no podría ayudarte.

—¿O sea que alguien podría pensar que te he salvado para utilizarte?

—Sí, alguien, no yo, claro, podría alegar que así es.

—Pero ahora la hidra ya no es una amenaza para ti.

Charlie se encogió de hombros.

—No, porque tú estás aquí.

—Así que no gano nada matándola, ¿verdad?

—Supongo que no.

De pronto Slagguron, agitando su cuerpo como un látigo, aplastó a la Madre Hidra con la fuerza de un edificio, triturándola al instante con su descomunal peso. Al erguirse Slagguron, el cuerpo de la Madre Hidra —una masa de la que goteaba una sangre negruzca— ni siquiera se movía.

—¿Por qué… por qué lo has hecho? —exclamó Charlie horrorizado; la repentina y gratuita violencia del nominado lo había desconcertado.

—Sólo ha sido un detalle. Un regalillo que te he hecho.

—¿Un regalillo?

Charlie apenas podía hablar. Aunque la Madre Hidra no le cayera bien por haber intentado matarle, sabía que lo había hecho porque había molestado a sus crías y le había robado la leche. Tenía todo el derecho del mundo a estar enojada con él.

Pero ahora estaba muerta.

Y lo peor de todo era que ya no podrían conseguir más leche reconstituyente…. o quizás eso era lo que Slagguron había planeado.

—No sé… no sé que decir.

—Si me ayudas, te protegeré, Charlie Benjamin. Te doy mi palabra. Y mi palabra, como yo, es inalterable.

El chico no sabía qué responder. Sabía que debía elegir, pero todas las opciones le parecían terribles.

Podía intentar abrir un portal para que sus amigos huyeran, pero después de haber visto la pasmosa rapidez de Slagguron, sabía que no le daría tiempo. La otra opción era hacer lo que el monstruo le pedía y llevarlo a la Tierra, pero esto era una locura. Después de su fracaso con Barakkas, no estaba dispuesto a ser responsable de llevar a otro nominado a la Tierra, aunque fuera para salvar su vida.

Pero ¿debía hacerlo por sus amigos? Si tenía una oportunidad de salvarlos, por remota que fuera, ¿acaso no debía aprovecharla?

—¡Matémosle! —gritó Teodoro desde el otro lado de la cueva, con los ojos llenos de una maníaca energía—. Tenemos con nosotros a un Doble Amenaza y al Hacha Mortífera. Además, yo puedo abrir un portal para vosotros, chicos, que sois los mejores, y también está Pinch, que puede…, bueno, ¡él sabrá lo que puede hacer! ¡Créeme, este gran gusano está perdido!

—¿Alguna vez tu cerebro se comunica con tu boca? —le soltó Violeta sin poder creer lo que estaba oyendo.

—¡Eh!, ¿acaso es culpa mía si me siento lleno de confianza? ¡Estoy hasta el gorro de que esos grandullones se metan con nosotros! ¡Hagámoslo de una vez! ¡Matemos a este bravucón!

—No —dijo Charlie. La palabra resonó por la cueva de modo tajante.

—¿Cómo que no? ¿Qué vamos a hacer? No pensarás abrir un portal para llevarlo a la Tierra, ¿verdad? —preguntó Teodoro sorprendido.

—En realidad, eso es exactamente lo que voy a hacer —respondió Charlie.

—¿Qué? —gritó Violeta.

—¿Bromeas? —añadió Pinch.

—Lo digo muy en serio.

Charlie cerró los ojos. Unas brillantes llamas purpúreas crepitaron ante él y abrió un portal lo bastante grande como para que Slagguron pudiera pasar por él. Al otro lado estaba el Valle de la Muerte: un desierto llano y vacío, sólo varios cactus y una serpiente de cascabel enrollada bajo una roca rompían aquella terrible monotonía.

—¡Aquí lo tienes! —le dijo al monstruo—. No sabía adónde querías ir exactamente, pero el desierto es un buen lugar. En él puedes desplazarte bajo tierra sin ningún problema.

Slagguron se quedó mirando el portal con desconfianza.

—Yo… no esperaba que lo hicieras.

—Entonces, ¿por qué me lo has pedido?

—Te he estado siguiendo durante un tiempo, Charlie Benjamin. Localizándote por las vibraciones de tus pisadas, que son únicas. Especiales. Quería ganarme tu confianza.

—Y ahora ya la tienes y además he hecho lo que querías, o sea que entra —le dijo Charlie invitándole con el brazo a pasar por el portal abierto—. ¡La Tierra te espera!

Slagguron se quedó mirando el portal rodeado de llamas sin moverse.

—No —exclamó al fin—. Es una trampa. Vas a cerrarlo sobre mí. Me vas a cortar por la mitad como hiciste con el brazo de Barakkas.

—¿Querías mi confianza y ahora que ya la tienes desconfías de mí? Si no me crees, ¿por qué no me matas de una vez? ¿Por qué no nos matas a todos? —preguntó el chico.

—¡Charlie! —gritó Violeta horrorizada.

—Eres muy astuto. Eres un mentiroso, como Verminion —repuso Slagguron.

—Sólo un mentiroso cree que los demás también lo son.

—¿Me has llamado mentiroso? —rugió Slagguron irguiendo su cuerpo cuan alto era, con una voz cada vez más grave y llena de una casi incontrolable rabia—. Yo soy inalterable…

—Como las rocas que horadas. Sí, sí, ya he oído antes esta cantinela —exclamó Charlie sacudiendo la cabeza con impaciencia—. ¡Venga, decídete de una vez! ¿Quieres pasar por el portal o quieres matarme? ¡Que me está saliendo barba!

Slagguron se lo quedó mirando con sus grandes ojos negros y sacudió su enorme cabeza.

—¡Nos volveremos a ver! —le soltó furioso.

Y tras pronunciar estas palabras, saltó en el aire como un nadador lanzándose de un alto trampolín al tiempo que unas duras placas protectoras se plegaban sobre su rostro, creando una punta como la de la barrena de una taladradora. Slagguron se metió bajo tierra con una pasmosa facilidad, mientras dejaba tras él un túnel gigantesco que serpenteaba por los oscuros recovecos del Mundo de las Profundidades.

Unos instantes más tarde había desaparecido.

—¡Qué pasada! —exclamó Teodoro boquiabierto.

—¡No puedo creer lo que acaba de ocurrir! —exclamó Violeta.

Sin embargo, Pinch estaba concentrado en otra cosa. Las hidras macho los estaban rodeando, con las bocas abiertas y unos dientes relucientes y babeantes.

—¡Creo que es mejor que nos vayamos de aquí!

—¡Tienes razón! —asintió Violeta viéndose rodeada de hidras dispuestas a vengar la muerte de su reina.

De repente, uno de los animales saltó de la laguna junto a la que Charlie estaba y se abalanzó sobre él, pegando mordiscos en el aire con furia. El muchacho desenvainó instintivamente el estoque y le cortó dos de sus cabezas. En cuanto lo hizo, el gigantesco portal del Valle de la Muerte se cerró de golpe, recordándole que ni siquiera un Doble

Amenaza podía abrir un portal y luchar con un monstruo al mismo tiempo.

—¡Teodoro! ¡Abre un portal! Tenemos que irnos de aquí volando —gritó Charlie corriendo como un loco para unirse a sus amigos al tiempo que le cortaba a la hidra las cabezas que le quedaban.

Teodoro intentó abrir un portal, mientras Charlie y Violeta —espalda contra espalda— blandían frenéticamente sus armas formando una pila de cabezas cortadas de hidra.

—¡Agachaos! —gritó Pinch.

Los dos lo hicieron, con lo que evitaron por los pelos un coletazo de la hidra más cercana.

—¡Preparaos! ¡Aquí lo tenéis! —gritó Teodoro.

El portal se abrió.

Los cuatro saltaron por él, seguidos por una hidra. Teodoro lo cerró rápidamente tras ellos y partió en dos al monstruo que los perseguía obligándole a sufrir la misma suerte que Slagguron había temido padecer.

Varios alumnos se apiñaron alrededor de Charlie, Pinch, Violeta y Teodoro para contemplar la hidra muerta tendida en la cálida arena de la playa que se extendía frente a la Academia de las Pesadillas.

—¡Miradlo bien! —exclamó Teodoro con orgullo—. Este bicho acaba de ser liquidado por un AB, ¡un abreportales! La especialidad de Teodoro Dagget.

Al pronunciar esta última frase dijo *espe-chia-li-daad*.

—¿Por qué lo hiciste? —le preguntó Violeta a Charlie llevándoselo a un lugar aparte mientras Teodoro seguía divirtiendo a la multitud con sus hazañas—. ¿Por qué abriste un portal para Slagguron?

—Para matarlo. Iba a cerrarlo sobre él, tal como sospechó. Supongo que no fui lo bastante listo.

—¡Y que lo digas! ¿Y si no lo hubieras cerrado a tiempo y él hubiera entrado sano y salvo en la Tierra? —le riñó Pinch.

—Pero no lo hizo.

—Podría haber ocurrido. Fue un juego muy arriesgado, jovencito.

—¿Acaso todo en esta vida no lo es? Además, si no hubiera abierto el portal, nos habría matado de todos modos. Mi táctica hizo que Slagguron se pusiera a la defensiva. Pensé que desconcertarlo era nuestra mejor baza para sobrevivir.

—¡Pues funcionó! Lo admito, aunque no entiendo por qué Slagguron reaccionó así y simplemente se fue —afirmó Violeta.

—Porque no podía hacer nada más. Desconfió de mi portal, pero no quiso matarme porque sólo la directora y yo podemos abrir un portal lo bastante grande como para que pase por él y no quería perder esta oportunidad en el futuro.

—Pero ¿por qué? ¿Por qué va a confiar en el portal que puedas abrirle en el futuro si no lo hizo en esta ocasión?

—¡Jolín, no lo sé, Violeta! —repuso Charlie irritado—. Por desgracia se olvidó de invitarme a la fiesta de «su Huida al Mundo de las Profundidades» que había planeado.

—¡Eh, relájate, tío! ¡No te pases de listo! Sólo intentaba comprender igual que tú por qué Slagguron reaccionó así.

—Lo siento —exclamó él apesadumbrado—. Supongo que estoy frustrado porque sé que está planeando algo, pero no tengo ni idea de lo que es.

—¿Quizá no era más que el primer plan? A lo mejor lo probó para ver si te asustabas y abrías un portal para él, y al ver lo duro que eras, comprendió que no iba a intimidarte y recurrió al plan que tenía de reserva.

—¿Y cuál es?

—No lo sé —repuso Violeta suspirando—. Tal vez para este segundo plan no te necesita. Quizá sólo intente escapar por la Anomalía si el Guardián muere.

—Pero ¿cómo podría llegar hasta ella?

Violeta frunció la boca, sumida en sus pensamientos.

—¿Tyrannus? ¿Crees que Tyrannus es lo bastante fuerte como para llevarlo a cuestas hasta allí?

Charlie se encogió de hombros.

—Es posible. Pero mientras el Guardián siga sano y salvo, no tenemos por qué preocuparnos. A propósito, ¿tienes la leche de la hidra? —le preguntó a Pinch.

—¡Pues claro! —exclamó el hombre barbudo sosteniendo en alto el tubito.

—¡Genial! Será mejor que se lo llevemos a la directora enseguida. Se supone que cuando te la tomas vuelves a ser físicamente como cuando más poderoso eras. Espero que sea verdad.

—Y yo también —dijo Pinch.

Y, para el asombro de todos, destapó el tubito y, relamiéndose, se tragó la leche de la Madre Hidra.

12

PINCH EL PODEROSO

—¿Qué... acabas de hacer? —gritó Charlie estupefacto.

—Pues lo que debía —repuso Pinch—. No podemos dar una sustancia tan importante al Guardián sin probar antes el efecto que produce, ¿no te parece?

—¡Pero si te la has bebido toda!

—¡Oh, no! Sólo he tomado un sorbo. Aún queda un poco, ¿lo ves? —dijo mostrándoles el tubito. En el fondo todavía quedaba un poquito de leche.

—¡Ladrón! ¡La Madre Hidra está muerta! Si no hay bastante para salvar al Guardián, no podremos conseguir más! —gritó Charlie furioso.

—¡Eh, chicos! —dijo Teodoro alegremente acercándose a ellos sin saber lo que acababa de ocurrir, sintiéndose de maravilla por la atención que había recibido de los otros alumnos al haber matado a una hidra—. ¡Esto de ser un abreportales no está tan mal después de todo! Sólo tienes que ingeniártelas para usar este poder como una ofensiva, ya sé que no se puede ganar sin una buena defensa, pero a todo el mundo le gusta marcar un gol a veces, ¿no os parece? Pero ¿qué os pasa? —les preguntó a Charlie y Violeta al ver su expresión—. Parece que acabarais de ver a un arrojador de ácido en vuestros copos de maíz.

—Lo que pasa es que Pinch se ha bebido la leche de la hidra.

—¿Qué? ¿Te has vuelto majara? —le espetó Teodoro.

—Sólo he tomado un sorbito.

—Sólo un… —incapaz de contener su rabia, Teodoro se abalanzó sobre el hombre barbudo mientras iba subiéndose las mangas para pelearse con él—. Después de haberlas pasado canutas por culpa de la maldita leche, ¿decides tomarte un trago? Me da lo mismo que seas un adulto, ¡te voy a arrancar la cabeza!

—¡Espera! —gritó Charlie.

—¿Qué?

—¡Mira!

Algo le estaba ocurriendo a Pinch. Tenía el rostro contraído por el dolor y parecía que todo su cuerpo estaba acalambrado. Se puso a temblar violentamente. Charlie, temiendo que derramara la poca leche que quedaba, le arrebató el tubito de la mano y lo tapó enseguida.

—¿Qué te pasa? —preguntó Violeta.

—No… no lo sé… —gimió el hombre barbudo—. ¡Ay, me duele mucho! —gritó desplomándose de rodillas y cerrando los ojos con fuerza.

—Algo no va bien. ¡Que alguien vaya a buscar a alguien! ¡Id a buscar a Mamá Rose! —gritó Charlie

Pero antes de que les diera tiempo a ir en busca de ayuda, ocurrió algo muy curioso…

El pelo de la barba de Pinch se desprendió de su rostro y cayó sobre la arena. Era una imagen impactante, tenía un aspecto tan distinto sin barba, parecía mucho más joven.

Y entonces fue cuando Charlie comprendió que no parecía más joven, ¡sino que era más joven! Las arrugas alrededor de la boca y de los ojos desaparecieron, sus michelines se esfumaron y su cuerpo empezó a encogerse, perdiendo un centímetro, y luego dos...

—¿Qué está ocurriendo? —susurró Violeta.

—No tengo ni idea —repuso Charlie sacudiendo la cabeza.

Las arrugas, los centímetros y los kilos de Pinch siguieron desvaneciéndose hasta que el traje gris le quedó tan grande que parecía un niño disfrazado con la ropa de su padre. Tenía una tez perfecta y el blanco de sus ojos era claro e intenso.

—¡Es increíble! —exclamó Pinch, y Charlie se quedó de piedra al oír que ahora tenía la voz de un adolescente—. ¡Ha funcionado! ¡El elixir ha funcionado! ¡Me ha devuelto a la edad en la que yo era más poderoso!

Charlie se quedó mirando asombrado al chico de trece años que tenía ante él.

Pinch se había convertido de nuevo en un niño.

—NP —musitó Teodoro sin acabar de creérselo—. No es posible.

—¡Es increíble! —exclamó Violeta sacudiendo la cabeza.

—Me pregunto si además de mi juventud también he recuperado el Don —dijo Pinch con una extraña voz de preadolescente.

Extendió la mano derecha y cerró los ojos. Unas llamas purpúreas crepitaron ante él y de pronto, en la larga sombra que proyectaba la Academia de las Pesadillas, se abrió un gran portal que daba a la oscuridad del Mundo de las Profundidades.

Todos se asomaron por él.

—¡Lo has conseguido! ¡Has abierto un portal! —exclamó Teodoro.

—¡Has recuperado el Don! ¡Vuelves a tenerlo! —gritó Charlie.

—Vuelvo a tenerlo, ¿verdad? —repitió Pinch, y entonces se echó a llorar de alegría.

¡Qué extraño!, pensó Charlie mientras contemplaba a Pinch vestido con los tejanos y la camiseta roja que acababa de prestarle. Mi ropa le va a la medida. Aquel chico (*hombre*, se recordó Charlie) no sólo medía y pesaba lo mismo que él, sino que además tenía el pelo y los ojos negros, y una tez tan blanca y tersa como la panza de un lenguado.

—¡Aquí está! —dijo Pinch tirando de una desgastada maleta que guardaba debajo de la hamaca en la que dormía. Su camarote de la Academia de las Pesadillas era pequeño y sobrio: no había fotografías, ni efectos personales, ni recuerdos de su casa. Quitó el polvo de la maleta y la abrió casi con veneración.

Dentro había un arma reluciente de hoja curva y afilada con un mango de ónix bellamente esculpido.

—¡Es mi hoz! —afirmó levantándola casi con una sonrisa de júbilo. En cuanto su mano la tocó, el arma resplandeció con unas llamas de color azul claro—. No la sostenía desde… —su voz se apagó—. Desde hace mucho tiempo.

—Pinch —le dijo Charlie con suavidad para que se apresurara.

—¿Sí?

—Debemos irnos. La directora está esperando la leche de la hidra.

—Sí, es verdad —respondió Pinch poniéndose en pie con la hoz aún en la mano.

—¿Te apetece abrir el portal para ir a verla? —le preguntó Charlie—. O…

—Es mejor que lo hagas tú. Yo estoy desentrenado.

—Vale. ¡Preparaos! Vamos a ir directamente al quinto anillo, intentaré abrir el portal lo más cerca posible del Cementerio del Triángulo de las Bermudas. En ese lugar nos vamos a encontrar con muchos monstruos, quizá con montones de ellos —les dijo a Violeta y Teodoro.

—¿Tienes la leche de la hidra? —le preguntó la chica.

Charlie asintió con la cabeza.

—Sí —afirmó metiendo la mano en el bolsillo para asegurarse de que el elixir estaba sano y salvo—. De acuerdo. ¡Ahí vamos! —exclamó.

Mientras empezaba a abrir el portal, unas llamas purpúreas crepitaron frente a él.

El quinto anillo estaba repleto de monstruos. A Charlie se le cayó el alma a los pies al ver que los sanguinarios monstruos se habían acercado mucho al refugio del Guardián, algunos incluso habían logrado llegar hasta los barcos en ruinas de los alrededores del Cementerio del Triángulo de las Bermudas.

—¡Oh, no! ¡Han avanzado muchísimo! El Guardián debe de estar muy débil, porque su aura se está reduciendo. Espero que no sea demasiado tarde —comentó Pinch.

—Tenemos que apresurarnos —exclamó Charlie desenvainando el estoque—. Ojalá tuviera un plan mejor, una idea más ingeniosa e inteligente, pero por desgracia creo que tendremos que luchar contra los monstruos para llegar al cementerio.

—¡Aún está muy lejos! —se quejó Violeta viendo el camino que tenían que recorrer lleno de monstruos.

—Es verdad. Pero ahora tenemos a un desterrador más con nosotros.

—Así es —afirmó Pinch levantando la hoz curvada. El

arma emitió una intensa luz azul, sin duda era mucho mejor que las armas de Violeta y Charlie.

—¿Teodoro? —dijo éste.

—¡Eh, tío, no repitas tanto mi nombre que me lo vas a gastar!

—Prepárate para abrir un portal por si las cosas nos salieran mal, ¿de acuerdo?

—Sí, claro. Supongo que es lo único para lo que sirvo, ya que no soy un desterrador como vosotros.

Normalmente Charlie habría intentado levantarle la moral a su amigo, pero ahora no tenía tiempo. En los pocos segundos que habían tardado en abrir el portal el poder del Guardián había disminuido incluso más aún y los monstruos del Mundo de las Profundidades estaban empezando a llegar al corazón del Cementerio del TB.

—¡Venga, vamos! —exclamó Charlie, y enarbolando el estoque, se apresuró a cruzar el portal hacia el Mundo de las Profundidades, con sus amigos a la zaga.

El primer ataque no se hizo esperar.

Dos peligruros de la clase 5 cayeron en picado del cielo y aterrizaron frente a ellos con un golpe seco. Los monstruos gruñeron mostrando los colmillos; no tenían nada que ver con los cariñosos animalitos que parecían ser. Charlie, Violeta y Pinch, sin perder un segundo, se lanzaron hacia ellos blandiendo sus armas.

¡Es un buen luchador!, pensó Charlie al ver a Pinch empuñando la hoz. Aunque hiciera años que no usara sus poderes, el arma relucía y se movía con destreza bajo sus órdenes.

—¡Ya me he cargado al primero! —gritó Violeta, y entonces se concentraron en el segundo peligruro. A pesar de ser un animal mortífero, los tres hábiles desterradores lo liquidaron en un plis plas.

De pronto escucharon una vocecita detrás de ellos:

—Ayudadme…

Charlie, al girarse, vio a un niño pequeño de unos siete años con la espalda pegada a la maraña de cristales de color mostaza del quinto anillo. Estaba llorando desconsoladamente con una expresión aterrada.

— ¡Estos monstruos canguro me capturaron cuando tenía una pesadilla! —gritó.

—Deben de haberlo secuestrado para que matara al Guardián al tocarlo. ¿Qué hacemos con él? —preguntó Violeta.

Charlie echó un rápido vistazo alrededor. Los monstruos de la clase 5 los estaban rodeando por todas partes. Incluso vio algunos deslizándose hacia el chico por los cortantes cristales.

—Hay que sacar a este niño de aquí. Ahora mismo. Debemos llevarlo a la Academia de las Pesadillas.

—No tenemos tiempo. Primero debemos llevar la leche al Guardián. Es absolutamente vital —gritó Pinch.

—Estoy de acuerdo contigo, pero si llevamos con nosotros a este niño no podremos ir tan deprisa.

—¡No podemos dejarlo aquí! ¡Si lo hacemos, morirá! —afirmó Violeta.

—¡Y si el Guardián se muere, todos moriremos! —repuso Pinch.

Charlie cerró los ojos cavilando. La directora le había advertido que podía haber otros niños perdidos en el Mundo de las Profundidades y que debía salvarlos si era posible, pero también le había dicho que lo más importante era llevar la leche al Guardián cuanto antes. Era una elección muy difícil la que debía hacer.

—De acuerdo. Nos dividiremos —dijo al fin—. Teodoro, tú abrirás un portal para que este niño pueda volver a la Academia y tú Violeta te irás con él para protegerle mientras.

—¿Y la leche? —gritó Teodoro.

—Pinch y yo se la llevaremos al Guardián.

—No sé, Charlie. No sé si es una buena idea que nos separemos —dijo Violeta.

—¡Están llegando! —gritó el niño al ver los monstruos acercándose por detrás: un par de acechadores y una criatura que parecía un oscuro se estaban deslizando hacia él en medio de la penumbra.

—¡Marchaos ahora mismo! ¡No nos queda tiempo! —gritó Charlie.

Aún dudando, Teodoro y Violeta corrieron hacia el asustado niño mientras Pinch se enfrentaba a un murciélago del Mundo de las Profundidades blandiendo la hoz con furia. Charlie se unió a él y al cabo de unos instantes estaban luchando desesperadamente contra varias criaturas voladoras.

Mientras Teodoro se concentraba en abrir un portal que diera a la Academia de las Pesadillas, Violeta atacó con su hacha al oscuro y a los acechadores que querían devorar al niño.

—¿Cómo va el portal? —gritó la chica mientras el niño, aterrorizado, se agarraba a su cintura llorando a moco tendido.

—¡Ahí está!

El portal se abrió ante ellos. Por él vieron la arenosa playa extendiéndose frente a la Academia de las Pesadillas.

—¡Perfecto! ¡Seguidme! —ordenó Violeta. Ella y el niño cruzaron corriendo el portal, seguidos de Teodoro.

—¡Lo hemos conseguido! —le gritó éste a Charlie desde la playa—. Estamos sanos y salvos.

—¡Genial! —vociferó Charlie mientras él y Pinch mataban al último de los murciélagos—. ¡Ahora cierra el portal antes de que algún monstruo consiga atravesarlo!

—¡Espera! —gritó Violeta con los ojos desorbitados, apartándose del niño que acaban de rescatar—. ¡Oh, no, Charlie! Será mejor que eches un vistazo.

El chico se volvió a mirar por el portal y vio al niño de pie en la playa temblando violentamente. Al principio creyó que estaba tan asustado que no podía dejar de temblar, pero entonces advirtió algo muy extraño...

La cara del niño empezó a deshacerse, desprendiéndose del cráneo como la cera caliente de una vela.

—¿Os acordáis de que os dije que era inalterable como la roca que horadaba? ¡Pues os mentí! —exclamó el niño riendo socarronamente con una mueca de enajenado.

¡Oh, no! ¡No puede ser!, pensó Charlie.

El resto de la piel de aquel niño se desprendió revelando el ser en forma de gusano que había debajo. En medio del cuerpo llevaba un reluciente cinturón negro.

—¡Slagguron! —exclamó Charlie con un grito ahogado.

—Os dije que volveríamos a vernos —respondió el tercer nominado soltando una fuerte carcajada.

13

SLAGGURON EL METAMORFOSEADOR

—¡Es un metamorfoseador! —exclamó Violeta mientras Slagguron crecía. Unos instantes más tarde era casi tan grande como media Academia de las Pesadillas.

—¿Qué es un metamorfoseador? —preguntó Teodoro apartándose de aquella criatura que se transformaba por momentos.

—Son como los imitadores, pero en lugar de copiar el aspecto de alguien, se transforman en cualquier cosa que quieran, aunque sólo por un breve tiempo.

—¡Es verdad! —rugió Slagguron—. Creías que me habías ganado en la cueva de la hidra, ¿verdad? ¿Quién es ahora el más listo? En cuanto dijisteis que planeabais rescatar a los niños abandonados en el Mundo de las Profundidades, supe que vuestro patético deseo humano de «hacer el bien» me llevaría a la victoria.

—¡Y me acusó a mí de astuto! —musitó Charlie mientras él y Pinch contemplaban la transformación de Slagguron desde muy lejos, en el Mundo de las Profundidades.

—¡Sin duda nos ha engañado! —afirmó Pinch alarmado—. No tenía ni idea de que ésta fuera su verdadera naturaleza.

Creíamos no haber visto nunca a Slagguron, pero ¡quién sabe cuántas veces lo habremos visto sin saberlo!

—Charlie, ¿qué hacemos ahora? —gritó Violeta por el portal, pero antes de que él pudiera responderle, se cerró de golpe dejando a Violeta y a Teodoro en la Academia de las Pesadillas y a Charlie y a Pinch en el Mundo de las Profundidades.

—¿Volvemos a la Academia para ayudarles? —preguntó Pinch.

Charlie sacudió la cabeza.

—No, para ayudarles tenemos que llegar antes al cementerio.

Ahora que ya no estaba distraído con Slagguron, al girarse vio un montón de monstruos acercándose a ellos.

—¿Estás preparado, Pinch?

—¡Oh, ya lo creo! ¿Y tú?

—Totalmente.

Charlie se abalanzó sobre los monstruos de la clase 5, blandiendo el estoque. Pinch lo siguió a pocos pasos. Fueron reduciendo la distancia que los separaba del Cementerio del TB en una vorágine de arremetidas de acero, sangre negruzca y pegajosa y trozos de monstruos saltando por el aire. Charlie echó una rápida mirada a Pinch y se asombró al ver la elegancia con la que aquel niño (*Hombre,* pensó corrigiéndose a sí mismo) liquidaba su ración de monstruos. Era un hacha como desterrador, y le chocó de nuevo el crimen que el Departamento de las Pesadillas había cometido al intentar destruir a una persona con un talento tan increíble.

Pronto, casi sin darse cuenta, Charlie y Pinch se descubrieron sanos y salvos en el Cementerio del TB, dejando atrás una estela de cadáveres ensangrentados de monstruos.

—¡Qué increíble! ¿Hemos hecho esto entre los dos? —exclamó Pinch al ver la escabechina.

Charlie asintió con la cabeza.

—¡No está mal para un niño de trece años y para un tipo que parece un niño de mi misma edad!

Pinch se echó a reír y por un instante Charlie vio el niño que en el pasado debió de haber sido, un niño que sólo quería hacer cosas positivas y caerle bien a los demás.

—¿Dónde está el Guardián? —preguntó Pinch volviendo a ponerse serio.

—Sígueme —repuso Charlie, y echó a correr por el laberinto de barcos destrozados para guiar a Pinch hasta el lugar que se había convertido en el hogar del Guardián.

Me pregunto qué estará ocurriendo en la Academia de las Pesadillas, pensó Charlie muy preocupado mientras sorteaba los gigantescos cascos de los barcos que no volverían nunca más a ver el mar. *¿Habrá empezado su ataque Slagguron? ¿Seguirán mis amigos con vida?*

Los estudiantes de la Academia de las Pesadillas fueron corriendo a todas las cubiertas, pasarelas y ramas disponibles para ver en silencio al aterrador nominado del Mundo de las Profundidades. Brooke lo contempló desde el barco pirata de la última planta, con Geoff a su lado.

—¡Estoy segura de que si hubiera ido con ellos esto no habría pasado! —exclamó Brooke.

—¡Sí, claaaaro! —le soltó Geoff con escepticismo.

—El Guardián está muerto —rugió Slagguron—. O agonizando. Los efectos protectores de su aura están a punto de desaparecer. He estado esperando durante muchos años poder entrar en la Tierra y empezar mi destrucción y ahora por fin ha llegado el momento.

—¿Conoces por casualidad el proverbio «Cuanto más alto

llegues, más dura será la caída»? —le gritó Teodoro aún en la playa.

—También hay otro, «El poder te da fuerza», y yo tengo por suerte mucha, mucha fuerza —rugió Slagguron.

—¡Eh, tú! —gritó una voz con un fuerte acento sureño.

Slagguron al girar la cabeza vio a Mamá Rose plantada en la cubierta de la cocina de la Academia. Acababa de servir con esmero el almuerzo de los alumnos en las desgastadas mesas de madera.

—¡Sí, estoy hablando contigo, tío! Ya sé que eres un pendenciero morcillón, pero por aquí sólo hay niños, que tendrían que estar estudiando dentro y no mirando embobados a un monstruo gigantesco —exclamó lanzando una mirada a los estudiantes que había detrás de ella. Todos se metieron zumbando en los barcos de la Academia como un montón de ratoncitos asustados—. Ya sé que quieres una escabechina, pero tendrás que hacerla en otra parte. ¡Seguro que ni siquiera un nominado tan grandullón como tú quiere hacer daño a unos niños!

—Pues estás muy equivocada —respondió Slagguron, y cogiendo impulso, golpeó con el cuerpo el tronco del baniano con una fuerza de mil pares de demonios.

Charlie estaba seguro de no haber visto a nadie tan enfermo como el Guardián. La tez de aquella frágil criatura era ahora de un color amarillento. Respiraba de manera entrecortada y sibilante. Tenía los grandes ojos vidriosos, con la mirada perdida, y por su agrietada piel le supuraba un líquido purulento.

—¡Oh, no! ¿Crees que ya es demasiado tarde? —preguntó Charlie.

—Todavía respira —respondió Pinch.

En aquel momento la directora llegó.

—Siento no haber estado aquí para recibiros, pero he tenido que liquidar a varios arrojadores de ácido que se habían acercado demasiado.

La directora, haciendo un rápido movimiento con la muñeca, plegó la barra metálica, cubierta ahora con la sangre negruzca de los monstruos, la convirtió en un pequeño cilindro y se la guardó en un bolsillo del vestido.

—¿Quién es este chico? —preguntó mirando a Pinch.

—¡Soy yo, Edward! Edward Pinch —repuso él.

Ella se quedó estupefacta.

—Ya veo, ya veo… Entonces, ¿habéis conseguido la leche de la Madre Hidra?

Charlie asintió con la cabeza.

—Aquí está —respondió entregándole el tubito de bálsamo labial a la directora.

Ella lo cogió llena de agradecimiento, suspirando aliviada.

—Muchas gracias, Benjamin… y Pinch. Estoy segura de que tendréis muchas aventuras interesantes que contarme, y yo estaré encantada de escucharlas, pero antes debo ocuparme del Guardián, como podéis ver está muy mal.

—Dele la leche, por favor. Es necesario que se recupere lo antes posible —dijo Charlie.

—Me da la impresión de que tienes malas noticias… que darme, Benjamin, ¿es cierto? —respondió la directora sosteniéndole la mirada.

—Así es. Pero se las contaré después de que el Guardián se haya tomado la leche.

De pronto un chillido horripilante retumbó en el Mundo de las Profundidades. Se oyó tan cerca que los cristales de las ventanas del barco estallaron con la vibración.

—¡Tyrannus anda cerca! Sabe que el Guardián está a punto de morir —observó la directora.

Destapando el tubito y procurando sobre todo no tocar a aquella frágil criatura, vertió el elixir que quedaba en la boca del moribundo Guardián.

El golpe fue descomunal.

El baniano, al recibir el impacto de Slagguron, se agitó violentamente. Dos barcos —el clíper en el que Mamá Rose se encontraba, que servía como cocina, y un pequeño balandro, donde estaba la colada— salieron despedidos de las ramas. Los estudiantes que había en ellos, al ver que iban a estrellarse contra el suelo, se pusieron a chillar.

Teodoro instintivamente extendió la mano derecha para crear un enorme portal debajo. Los barcos que habían salido despedidos a unos treinta metros del suelo cayeron por él en dirección al primer anillo del Mundo de las Profundidades.

Teodoro sin pensarlo se lanzó también por el portal.

Mientras caía por él, junto con los barcos que daban vueltas en el vacío, cerró el portal y abrió otro debajo. Los barcos se precipitaron por el nuevo portal y cayeron al océano que se extendía frente a la Academia de las Pesadillas, provocando una gran explosión de agua. El encontronazo fue monumental, pero al menos no resultó tan devastador como si se hubieran estrellado contra el suelo.

Después de caer en el agua cálida del océano, Teodoro salió a la superficie y ayudó a los heridos a escapar de los barcos que se hundían. La primera en salir fue Mamá Rose.

—¡Caramba, chico! Sin duda tienes un gran futuro como abreportales —exclamó con una sonrisa de oreja a oreja mientras Teodoro la ayudaba a salir.

—¡Supongo que sí! —le respondió el muchacho sonriéndole a su vez.

Mientras seguía rescatando a las víctimas del ataque de Slagguron, Violeta —fuera de sí— se lanzó contra el nominado blandiendo el hacha. Se agarró a la pata más baja de ciempiés y usándola a modo de escalera, trepó por ella para llegar a la ciclópea cabeza del monstruo.

—¿Qué crees que estás haciendo? —rugió Slagguron advirtiendo a la joven como un caballo que nota una mosca posándose sobre él. Se la quitó de encima sacudiendo el cuerpo con una pasmosa rapidez. Violeta salió despedida con fuerza por el aire y chocó contra la áspera barandilla del barco pirata de la Academia de las Pesadillas. Intentó agarrarse a ella, pero se le escurrió de las manos y mientras caía a gran altura dando vueltas en el vacío, creyendo que iba a estamparse contra el suelo, oyó una voz conocida...

—¡Ya te tengo!

Brooke, atrapándola por el brazo, levantó a Violeta con un fuerte tirón y la dejó en la cubierta del barco.

—Gracias —dijo la desterradora respirando entrecortadamente—. Si no hubiera sido por ti, habría...

—¡De nada! —respondió Brooke cariñosamente.

Dando media vuelta, Violeta se subió a uno de los ascensores en forma de bote de la Academia, bajó en él oscilando de su larga soga como un péndulo y luegó saltó con todas sus fuerzas al rostro de insecto de Slagguron, donde él no podía llegar con sus cientos de patas, que agitaba frenéticamente intentando agarrarla.

—¡Sal de encima, humana! —rugió.

Violeta, sin abrir la boca, le clavó el hacha hasta el fondo de su gigantesco ojo izquierdo.

El monstruo chilló de dolor con tanta fuerza que el suelo tembló.

—¡Ahora vas a morir! —rugió Slagguron lanzando su cuerpo contra el enorme tronco del baniano de la Academia para aplastar a la chica.

—¡No! ¡Violeta! —gritó Teodoro.

Pero justo cuando Slagguron iba a acabar con Violeta, se puso a chillar como un loco de dolor y se derrumbó en el suelo con la fuerza de un asteroide impactando contra la Tierra. La desterradora rodó por el lomo, usando el cuerpo de gusano del monstruo como un cojín para amortiguar el fuerte impacto de la caída.

—¡Es increíble! ¿Has sido tú la que le ha hecho eso? —exclamó Teodoro corriendo hacia ella.

—¡Qué va! —respondió ella sacudiendo la cabeza

Slagguron intentó ponerse en pie, pero volvió a desplomarse en el suelo.

—¿Qué le pasa? —preguntó Teodoro.

—¡Charlie y Pinch deben de haber revivido al Guardián! —exclamó Violeta alegremente mientras se deslizaba por el costado del monstruoso gusano y caía sobre la arena con una agilidad felina—. ¡Las defensas de la Academia vuelven a funcionar!

—¡Eh, fíjate! ¡El aura del Guardián es ahora tan fuerte que sus efectos incluso llegan hasta aquí! Slagguron no puede ni moverse.

El rostro del monstruo se cubrió de pronto con unas placas duras que emitieron un ruido seco al plegarse, creando una punta como la barrena de una taladradora. Violeta recordó que ya le había visto antes hacer lo mismo.

—¡Se está preparando para huir! —gritó.

—¡Oh, no! ¡Creo que tienes razón!

Teodoro, sin decir una palabra más, abrió un portal en el primer anillo del Mundo de las Profundidades.

—¿Qué demonios estás haciendo?

—¡Ya lo verás! —exclamó entrando corriendo por él.

La recuperación del Guardián fue prodigiosa.

Unos instantes después de ingerir la leche de la hidra, el enfermizo color naranja de su piel se esfumó y adquirió un color verde vibrante y saludable. Sus ojos vidriosos se volvieron claros y vivos, y a pesar de su pequeño tamaño, su cuerpo pareció engordar y llenarse de fuerza.

—¡Qué bien! ¡Se está recuperando! —exclamó Charlie.

De súbito oyeron unos gritos de dolor a su alrededor.

Charlie al salir corriendo a la cubierta vio un montón de monstruos del mundo de las Profundidades que se retiraban retorciéndose de dolor mientras el aura del Guardián volvía a extenderse por el cementerio de barcos. El chillido más espeluznante de todos llegó del cielo, mientras Tyrannus caía violentamente de él y se estrellaba contra el duro suelo en una explosión de cristales color mostaza.

—¡Traición! —gritó tambaleándose mientras intentaba ponerse en pie con las alas de murciélago enredadas cómicamente bajo su cuerpo—. ¡Es injusto! ¡Es injusto! El Guardián debía estar muerto para que yo pudiera teñir el suelo de rojo con la sangre de vuestros cuerpos.

—Como podéis ver, el Guardián ha recuperado el vigor —afirmó la directora acercándose a Charlie y a Pinch—. Venid conmigo, debemos volver a la Academia de las Pesadillas.

—¡Si es que aún está en pie! —murmuró Charlie.

—¿Qué acabas de decir, Benjamin? —le preguntó la directora.

—¡Que me muero por tomarme una taza de té!

La mujer se alejó del gran disco rojo de la Anomalía que brillaba sobre sus cabezas para abrir un portal fuera de la zona. Charlie dio media vuelta para seguirla, pero se detuvo al oír una dulce vocecita a sus espaldas.

—Abrázame —le rogó el Guardián plantado en la entrada del barco al que llamaba su hogar—. ¡En el Mundo de las Profundidades hace tanto frío y yo me siento tan solo…!

Tiene toda la razón del mundo. Yo también me sentiría muy solo en el Mundo de las Profundidades, pensó Charlie mirando los ojos suplicantes de aquella dulce criatura. *¡Qué vida más triste y miserable lleva en él, no puede tocar a nadie ni ser tocado por ningún ser humano!*

—Lo siento, Hank —le dijo en voz baja—. Sabes que no puedo hacerlo. Debo irme. Que tengas mucha suerte.

Charlie, apartando los ojos de aquel ser frágil y desvalido, dio media vuelta y echó a correr para alcanzar a la directora. Después de haber estado tanto tiempo en el Mundo de las Profundidades, se moría de ganas de volver a ver a sus amigos.

Charlie y Pinch llegaron a la Academia de las Pesadillas por el portal que la directora había abierto justo cuando Slagguron, que seguía sintiendo un terrible dolor, erguía su cuerpo de gusano y, haciendo acopio de todas sus fuerzas, hundía la cabeza en el suelo, horadándolo en medio de una gran explosión de arena. Unos instantes más tarde había desaparecido bajo tierra; tras él dejó un túnel enorme que serpenteaba por las oscuras profundidades de la Tierra.

—¡Es Slagguron! —exclamó la directora.

Charlie la miró nervioso.

—En realidad, es lo que quería decirle. Slagguron, mmm… se escapó del Mundo de las Profundidades.

—Ya me he dado cuenta.

—Es una larga historia.

—Me lo supongo.

—¡Ya no hay nada que hacer! ¡Lo hemos perdido! —soltó Pinch exhausto, pasándose la mano por su infantil rostro. Charlie no acababa de acostumbrarse al nuevo aspecto de su amigo de chico de trece años.

—¡No, no lo hemos perdido!

Al volverse, vieron a Teodoro plantado junto al portal que había abierto.

—¿Qué quieres decir, Dagget? —le preguntó la directora acercándose a él.

—Antes de que Slagguron se fuera, cuando estaba en el suelo medio muerto de dolor, abrí este portal.

Charlie al mirar por él se sorprendió al ver un objeto conocido en medio del primer anillo del Mundo de las Profundidades: el armario donde guardaba su equipo de trabajo.

—¡Eh, si es el armario donde guardo mis herramientas de desterrador!

Teodoro asintió con la cabeza.

—Me acordé de que en él tenías una batería para atraer a los gremlins y varios estoques de reserva, y también de que en el estante de arriba había un puñado de cachivaches muy interesantes y prácticos —dijo sosteniendo en alto un pequeño objeto de metal.

—¡Es un localizador! —exclamó Charlie.

—Sí. Le até uno al cinturón de Slagguron antes de que se fuera —afirmó Teodoro con una sonrisa tan amplia que Charlie temió que la cabeza se le fuera a partir en dos—. ¡Venga, tío, dime que soy un supergenio!

—¡Sí, es verdad, eres más que un supergenio!

—¡Sí, fuiste muy ingenioso! —afirmó la directora—. Enhorabuena por tu rápida ocurrencia, Dagget. Como siempre, han ocurrido cosas buenas y cosas malas. La mala noticia es que Slagguron ha conseguido entrar en la Tierra, y la buena, que seguramente nos llevará a la nueva guarida de Barakkas y Verminion. Además, gracias a vuestros extraordinarios esfuerzos para encontrar la leche de la Madre Hidra y salvar al Guardián, Tyrannus sigue en el Mundo de las Profundidades, lo cual es una gran noticia. ¡Os felicito a todos!

Charlie, Teodoro y Violeta sonrieron encantados al oírla.

—¿Y ahora qué? ¿Cuál es el siguiente paso? —preguntó Pinch.

—Tyrannus permanecerá durante un tiempo en el Mundo de las Profundidades —repuso la directora—, pero no hay ninguna garantía de que no encuentre un medio para entrar en la Tierra en el futuro. Si esto ocurre, el cuarto nominado seguro que convocará al Quinto, algo que no podemos permitir. El camino que debemos seguir es muy claro. Ha llegado el momento en que todos, sin excepción, debemos luchar; si no lo hacemos ahora, no lograremos vencer a esos monstruos nunca.

La directora se giró hacia el océano, con el vestido revoloteándole con la suave brisa.

—Uno de los nominados debe morir.

PARTE

· III ·

EL NOMINADO

14

EL PLAN DE ATAQUE

L as velas del barco pirata varado en la última planta de la Academia de las Pesadillas se agitaron con la brisa distrayendo a Violeta. Estaba intentando concentrarse en dibujar un dragón mientras los obreros del Departamento hacían todo lo posible por reparar los grandes destrozos causados por Slagguron.

El dibujo no le estaba saliendo bien.

Violeta siempre veía en su mente las imágenes que quería dibujar con tanta claridad como si fueran una fotografía, simplemente tenía que plasmarlas en el papel. Pero en esta ocasión la imagen no era más que una bruma blanquecina.

—¿Cómo te va? —le preguntó Brooke acercándose a ella.

—Bien —respondió Violeta sin acabarle de gustar que la joven la hubiera interrumpido.

—Sólo quería decirte que estuviste increíble atacando a Slagguron de aquella forma. Fue como ver a un desterrador experimentado. En realidad, no había visto nunca a nadie luchar como tú.

—Gracias. También te agradezco que me agarraras por el brazo cuando Slagguron me lanzó por los aires. Sin ti no lo habría contado.

—Simplemente estaba en el lugar oportuno en el momento oportuno, eso fue todo —observó Brooke encogiéndose de hombros y apartándose su sedosa melena de los ojos.

—Te lo agradezco mucho —le repitió la desterradora. Luego se volvió a concentrar en el dibujo y rezó para que la chica captara el mensaje y se fuera de una vez.

Pero no fue así.

—¿Por qué me odias tanto? —le preguntó Brooke al fin.

—¿Qué? —respondió Violeta levantando la cabeza.

—Mira, ya sé que no soy la persona más maravillosa del mundo. En realidad, sé que a veces puedo ser un poco pesada.

—¿Sólo un poco?

—Vale, muy pesada. Incluso peor que eso. Y también sé que cuando os conocí en la Academia empezamos con mal pie.

—¿Sólo lo crees?

Había ocurrido seis meses antes, pero Violeta se acordaba como si fuera ayer de que Brooke y Geoff se habían estado metiendo constantemente con Charlie y con ella y Teodoro.

—Sólo estoy intentando decirte… ¡Jolín, no me lo estás poniendo fácil!, ya sé que antes era una pesada, pero estoy tratando de cambiar. He procurado hacer todo lo posible por portarme bien contigo. Sólo quería decirte que me gustaría que fueras mi amiga.

—¿Por qué?

Brooke pareció sorprenderse por la pregunta.

—Bueno…, no sé. Supongo que por la misma razón por la que todo el mundo quiere ser amigo de alguien.

—Sí, pero ¿por qué quieres ser mi amiga?

—Pues porque me caes bien y he pensado que podíamos congeniar.

Violeta sacudió la cabeza.

—No, no es por eso. Sólo quieres ser mi amiga para estar cerca de Charlie Benjamin.

—¿Estás loca? ¡Si él sólo tiene trece años y yo casi tengo dieciséis!

—Charlie también es un Doble Amenaza, el chico más poderoso de la Academia. Todo el mundo lo sabe. Sólo quieres estar cerca de él e intentas ser mi amiga para que Charlie sea amigo tuyo.

Violeta volvió a concentrare en el dibujo. Le estaba saliendo fatal.

—¡Lo que acabas de decirme es muy cruel! —exclamó Brooke con los ojos empañados.

—¡Ya puedes ahorrarte tus lágrimas! ¡Y también puedes dejar de agitar tu bonita melena rubia y de hacer esos falsos mohines! Conmigo no te servirán.

—¡No son falsos! —le soltó Brooke dolida. Violeta sintió los ojos de aquella chica mayor clavados en ella, pero se resistió al deseo de mirarla—. ¡No importa! —añadió girándose para irse…, pero en lugar de hacerlo se quedó allí plantada—. Antes podía abrir portales, yo también era muy buena en ello, pero perdí el Don, y ahora lo único que puedo hacer es mirar cómo los otros estudiantes usan el suyo e intentar de algún modo formar parte de ello —dijo al fin.

—Tú recuperaste el Don, ¿no te acuerdas? —observó Violeta mirándola—. Cuando tú y Charlie os enfrentasteis a Barakkas en su guarida. Abriste un portal y gracias a él tú y Charlie lograsteis salvaros.

—Pero no me duró. El Don me ha vuelto a desaparecer.

—¡Porque has dejado que ocurriera! —respondió Violeta levantándose de un brinco hecha un basilisco—. Si lo intentaras, Brooke, podrías ser como todos nosotros, pero para hacerlo hay que tener agallas. ¡Y tú prefieres ser la novia guapa de un chico, estar cerca de alguien con poder en lugar de desarrollarlo tú!

Violeta se puso a temblar de rabia. Brooke dio un paso atrás.

—Vale, quizá tengas razón, pero eso no significa que me guste la situación.

—¡Entonces cámbiala!

—¿Cómo? Yo sólo quiero ser como tú.

Violeta se echó a reír.

—No, no creo que te gustara. Créeme.

—Sí, es verdad. Eres una chica dura y una excelente luchadora y…

—¡Y me odio por ello!

Para su horror, Violeta comprendió que lo que acababa de decir era verdad. Se odiaba a sí misma, o al menos aquello en lo que se estaba convirtiendo.

—Antes me gustaba dibujar —prosiguió en voz baja—. Pero ahora… Mira este dragón —añadió señalando el dibujo desdeñosamente—. Cuando aparece un monstruo y lucho contra él, siento que controlo la situación. Puedo blandir el hacha y sé que soy buena, muy buena luchando, pero no me reconozco a mí misma cuando lo hago.

Se quedó en silencio, contemplando el océano a lo lejos.

—Me siento perdida. Ya no sé quién soy.

—¡Soy un hacha abriendo portales! —exclamó Teodoro mientras paseaba con Charlie por la playa que se extendía frente a la Academia de las Pesadillas recogiendo conchas—. Abrí unos portales increíbles: ¡eran gigantescos! Lo bastante grandes como para que dos barcos pasaran por él. Los dos daban al Mundo de las Profundidades. Bum! Y luego me lancé tras ellos, y mientras caía por el portal, ¿te lo puedes creer?, abrí otro monumental y se precipitaron por él, fue como enhebrar una aguja, y entonces todos cayeron sanos y salvos en el agua de la Tierra con un gran chapoteo, justo aquí, —exclamó señalando el lugar del océano donde los barcos habían caído.

—¡Es increíble! —dijo Charlie alegrándose por su amigo—. Antes, en cambio, podías abrir un portal en el lugar más inesperado. Es como una versión mucho mejor de cuando llevamos el sol de China al cuarto de Dora para acabar con el oscuro, y además lo has hecho tú solo. ¡Debes de estar contentísimo!

—¡Claro que lo estoy!

Teodoro se detuvo de pronto y se dobló, agarrándose el estómago y gimiendo como si le doliera mucho.

—¿Qué te pasa? ¿No te encuentras bien? —le preguntó Charlie.

El chico sacudió la cabeza y la levantó mirando a su amigo con una expresión atormentada.

—El problema es que no sé cómo lo hice. Me refiero a que los portales, se abrieron solos.

—¿Y qué?

—Pues que si me pidieras que volviera a hacerlo —aquí mismo, en este instante— no podría. Me resulta imposible. ¡Soy un fuera de serie que no puede repetir sus proezas! ¡Mi carrera está acabada y sólo tengo trece años!

—Relájate, Teodoro. A mí también me ocurre lo mismo. No sé cómo consigo las grandes hazañas, los portales gigantescos. Surgen del fondo de mí y no puedo controlarlo. Por eso son tan poderosos… y tan peligrosos.

—¿Ah, sí? —exclamó Teodoro, que parecía recuperar la esperanza.

Charlie asintió con la cabeza.

—Mira, hoy has hecho algo increíble y cuando llegue el momento, sé que volverás a hacerlo. Y en el futuro estoy seguro de que lograrás algo incluso más impresionante.

—¿Eso crees?

—¡Claro! E imagina cómo se va a sentir tu padre cuando se entere de lo de hoy.

A Teodoro se le iluminaron los ojos.

—¿Crees que alguien se lo va a contar?

—¿Bromeas? ¿Alguien? ¡Todo el mundo!

—Se va sentir muy orgulloso de mí, ¿verdad? —dijo Teodoro poniéndose muy contento—. No podrá evitarlo.

—¡Seguro!

—Me refiero a que creo que ya lo está. ¿Te acuerdas de que en la guarida de Barakkas y Verminion me dijo que se alegraba de que me hubiera quedado contigo para protegerte?

Charlie asintió con la cabeza.

—¡Pues esta vez ha sido diez veces mejor, porque he protegido a un montón de personas!

—¡Claro que sí! —afirmó Charlie dándole unas palmaditas en el hombro—. Créeme, éste es un momento decisivo.

—Un momento decisivo…

Charlie casi podía ver lo que a Teodoro le estaba pasando por la cabeza, imaginándose todas las nuevas posibilidades en su relación con su padre.

—Eres un buen amigo, ¿sabes, Charlie? El mejor que he tenido en toda mi vida. De verdad —dijo Teodoro.

—¡Venga, no hay para tanto! —exclamó él agitando la mano avergonzado.

—¡Claro que sí! Lo digo en serio. No dejaré que nunca te pase nada. Te lo prometo.

—Vale. Yo tampoco dejaré que te pase nada a ti, —respondió Charlie, impresionado por la seriedad con la que Teodoro hablaba.

Se pusieron a contemplar el océano. Las gaviotas se lanzaban en picado desde el cielo para sumergirse en el agua y se llenaban el pico con sabrosos peces.

—¿Cuándo fue la última vez que viste a tus padres? —le preguntó Teodoro al cabo de un rato, rompiendo el silencio.

—Hace mucho tiempo —respondió Charlie encogiéndose de hombros—. Seis meses. Ni siquiera sé dónde están.

—¿El Departamento aún los mantiene ocultos para protegerlos?

Charlie asintió con la cabeza.

—Los echo de menos.

Los echo de menos.

La verdad de estas palabras hizo que el corazón le doliera.

—¡Eh! —exclamó Teodoro con una expresión traviesa—. ¿Quieres averiguar dónde están? Podemos piratear el sistema de los ordenadores del Departamento, escabullirnos sin que se den cuenta e ir a verlos.

—¡Bah, no hace falta!

—Sería divertido. Podríamos vivir aventuras, saltarnos las reglas, meternos en problemas… como en los viejos tiempos —le tentó su amigo.

—Te lo agradezco mucho, pero Verminion casi mata a mis padres por mi culpa. Y ahora, con tres nominados en la Tierra, si fuera a verlos, quién sabe en qué clase de peligro los metería —admitió Charlie sacudiendo la cabeza—. Lo mejor es que no me acerque a mi familia, créeme.

De pronto se abrió un portal frente a ellos y la directora salió por él.

—Benjamin, tienes que ir al Departamento de las Pesadillas. Acaba de ocurrir algo muy importante… Ve ahora mismo.

La directora se giró para irse.

—¡Espere un minuto! ¿Usted no va? —gritó Charlie.

—Me temo que no —respondió ella sacudiendo la cabeza—. Debo volver al Mundo de las Profundidades y vigilar que al Guardián no le ocurra nada.

—Pero él ahora ya se encuentra bien.

—De momento sí, pero si otro ser humano lo tocara volvería a ponerse tan enfermo como antes y seguro que Tyrannus hará todo lo posible para que eso ocurra.

Charlie reconoció que ella tenía razón, pero la directora no podía pasarse toda la vida en el Mundo de las Profundidades vigilando al Guardián, o al menos eso creía.

—¿Cuándo volverá? —le preguntó.

—Cuando sea seguro volver —repuso ella en un tono que sugería que no iba a cambiar de opinión—. Y ahora ve al Departamento, Benjamin.

—¡No sin mí!

—¿Has dicho algo, Dagget? —le preguntó la directora.

Teodoro asintió con la cabeza.

—Si él va, yo voy también.

—Me parece una decisión muy tajante.

—Soy un abreportales con mucho carácter.

Para gran sorpresa de Charlie, la directora sonrió al oírlo.

—Sí, ya me lo han dicho. Ve con él. De hecho, Benjamin, si quieres pueden acompañarte todos tus amigos, cuantos más seáis, mejor.

Y tras decir estas palabras se alejó, dejando atrás a Charlie y a Teodoro, que se había quedado pasmado por la respuesta.

—¡Venga, tío, que debemos ir al Departamento de las Pesadillas! ¡Qué machote soy! —gritó exultante.

En la cámara del Consejo Supremo reinaba un ambiente frío y silencioso. Se podía incluso oír el susurro del aire acondicionado, el zumbido de los ordenadores emitiendo leves chasquidos y chirridos.

—Hemos descubierto la nueva guarida de Barakkas, Verminion y Slagguron en lo alto de los páramos helados del Himalaya —anunció el director Drake a los desterradores y abreportales reunidos en la sala—. Y como ven he incluido a Slagguron en el grupo porque al parecer nuestros jóvenes amigos de la Academia de las Pesadillas le han dejado entrar en la Tierra por un portal —añadió fulminando a Charlie con la mirada.

Los adultos de la sala protestaron, pero no parecieron sorprenderse.

Tenía que pasármelo por las narices, pensó el chico. Todo el mundo sabía que Slagguron había huido del Mundo de las Profundidades —esta clase de noticias no podían mantenerse en secreto—, pero el director se había asegurado de que todos supieran quiénes eran los responsables sin explicar las circunstancias. Creyeron estar salvando a un niño, porque lloraba desconsoladamente. ¡A un niño pequeño! ¿Cómo iban ellos a saber que Slagguron era un metamorfoseador? ¡Si nadie lo sabía!

—¡Sí, seguro que lo hicieron! —exclamó alguien desde el fondo de la sala.

Charlie reconoció el acento texano al instante. Al volver la cabeza, vio a Rex avanzando por el pasillo central. El mero hecho de contemplar al alto vaquero ya le produjo una gran alegría.

—Pero lo que también puedo asegurarles —prosiguió Rex— es que, si ellos no hubieran dejado entrar a Slagguron en la Tierra, ahora no habríamos descubierto su nueva guarida. Y lo hemos logrado gracias a la agudeza del joven Teodoro Dagget, que está aquí con nosotros.

El vaquero lo señaló con la cabeza. Teodoro se puso rojo

como un tomate y lanzó una mirada a su padre. El general le miró a su vez y luego le hizo un rápido guiño.

—¡Eh! ¿Lo has visto…?

—¡Sí! ¡Claro que lo he visto! —le respondió Charlie sonriendo.

—El joven Dagget ha sido más listo que todos nosotros juntos —prosiguió Rex—. Hemos estado intentando desesperadamente localizar la nueva guarida del nominado —observó fulminando con la mirada al director—, pero no conseguíamos obtener la menor pista… Éramos como un puñado de hidras decapitadas corriendo a ciegas en todas direcciones.

Rex se giró hacia Violeta.

—Hablando de cabezas de hidras, ¿cuántas cree, señorita Violeta Sweet, que ha cortado mientras estaba en el Mundo de las Profundidades intentando salvar al Guardián?

—No tengo ni idea —respondió ella, que estaba sentada junto a Charlie, poniéndose roja como un tomate y encogiéndose de hombros.

—¡Ya lo sé, ya lo sé! Como cada hidra tiene seis cabezas, es fácil perder la cuenta. A mí también me habría pasado lo mismo —exclamó Rex—. Ésta es la clase de trabajo que un buen facilitador hace por ti. Y hablando de facilitadores, aquí tenemos a una de muy buena, la señorita Brooke Brighton. Fue la que os llevó hasta la lancha del Guardián y os ayudó a ir al Cementerio del TB.

Brooke, que estaba sentada al lado de Violeta, casi no pudo evitar esbozar la sonrisa más grande del mundo al oírlo.

—Pero estoy seguro de que usted tiene razón, director —prosiguió Rex girándose hacia él—. Supongo que estos chicos de la Academia no son más que un puñado de tarados incompetentes.

El silencio que flotaba en la sala era tan denso que se podía palpar en el aire.

—Gracias por su bonito discurso, desterrador Henderson —repuso al fin el director Drake con sarcasmo—. Sin duda estos chicos han hecho muchas más cosas positivas que otros de su misma edad, pero también hay que reconocer que han propiciado unas desgracias mucho más graves que el resto.

El director rodeó su escritorio para colocarse ante él y dirigirse de frente a los presentes.

—Por culpa de estos jóvenes, tres de los cuatro nominados están ahora en nuestro mundo. Si Tyrannus consigue entrar en la Tierra, el cuarto convocará al Quinto, pero esto no ocurrirá. Ahora que sabemos dónde se encuentra la nueva guarida, podremos terminar lo que empezamos. Damas y caballeros, debemos llevar a término la Invasión del Departamento y matar a uno de los nominados.

—¡En este caso que sea Verminion! —sugirió alguien con una voz aguda desde un lado de la sala. Charlie al girarse reconoció al instante al chico que se dirigía hacia el director.

Era Pinch.

—Después de todo —prosiguió éste—, Verminion fue el que resultó más gravemente herido en la lucha con Barakkas. Por tanto, es el más vulnerable. Debe ser el primero de la lista que destruyamos.

—Gracias por la información de última hora, chaval —le soltó Rex con los brazos cruzados—. Definitivamente la tendré en cuenta, pero espero que no te importe si incluyo un plan de reserva por si hubiera que improvisar.

—Mientras Verminion muera, improvisa todo lo que quieras —respondió Pinch.

Rex se lo quedó mirando asombrado.

—¿Quién demonios eres tú, chico?

—¿No me reconoces?

—Hay algo en ti que me resulta familiar, pero…

El vaquero se acercó para contemplarlo mejor.

—No… no puede ser —exclamó de pronto con una expresión de asombro.

—Me temo que así es.

—¿Pinch? —le preguntó Rex sin acabar de creérselo.

—Edward Pinch, si no te importa.

—¿Qué está pasando aquí? —preguntó el director Drake estupefacto.

—Yo me pregunto lo mismo.

Charlie se puso en pie.

—Creo que puedo explicárselo. Pinch…, quiero decir, Edward, se tomó parte de la leche de la hidra destinada a salvar al Guardián.

—Como ustedes comprenderán, tenía que probarla por una cuestión de seguridad —explicó Pinch—. No podíamos dar al Guardián un elixir desconocido sin probarlo antes, ¿no creen?

Charlie se planteó acusarlo de estar tergiversando la verdad, después de todo el chico (¡el hombre!) se había bebido la leche para recuperar su antiguo esplendor y no para que al Guardián no le ocurriera nada, pero decidió dejarlo correr.

—A fin de cuentas —prosiguió Charlie—, el elixir hizo que Pinch…, ¡perdón!, que Edward recuperara la edad en que era más poderoso. Que volviera a ser un Doble Amenaza.

—¡No es posible! —exclamó el director Drake sacudiendo la cabeza—. ¿Quieres decir que este chico…, más bien dicho, este hombre, supongo, ha recuperado el Don incluso después de que mi predecesor en el Departamento ordenara que se lo extirparan quirúrgicamente para la seguridad y salvaguarda de todo el género humano?

—Sí —respondió Pinch secamente—. He recuperado el Don. Aunque quizá le gustase volver a reducirme para la seguridad y salvaguarda de todo el género humano, ¡claro!

—La verdad es que me encantaría. Ya tengo bastante con dos Dobles Amenazas sueltos causando todo tipo de estragos. No me cabe en la cabeza pensar en un tercero. ¡Hay que volver a reducirlo! —replicó el director.

—¡Ni lo piense! ¡No lo permitiré! —le soltó Charlie poniéndose al lado de Pinch.

—¿Ven cómo se apoyan entre ellos? Se creen una raza especial, ¿no les parece? Se saltan a la torera las normas porque son unos Dobles Amenazas. ¡Se creen mejores, más fuertes y listos que el resto!

—¡No es verdad! —exclamó Charlie girándose hacia los presentes para que intentaran comprenderle—. Sé que he hecho cosas que todos desearían que no hubiera hecho, yo también lo he deseado, pero no las hice por maldad o movido por el ego…

—¡Ya lo sabemos! —le interrumpió Drake—. Y no importa. Nadie te está acusando de hacer adrede esas cosas tan terribles. No querías dejar entrar a Barakkas en nuestro mundo y estoy seguro de que tampoco a Slagguron. Pero el hecho es que lo hiciste. Lo hiciste, joven Benjamin. Y ahora el resto de nosotros debemos ocuparnos del desastre que causaste.

Charlie quería desesperadamente contestarle. *¡Intenté ayudar a los demás!*, quería gritar. *A mis padres, a mis amigos, a un niño perdido en el Mundo de las Profundidades… ¡No fue culpa mía!*

¿O había ocurrido por su culpa?

¿Las buenas intenciones podían justificar acciones con resultados horribles? La pregunta le produjo una duda tan terrible que no se atrevió a decir nada.

—Como todos ustedes recordarán —prosiguió Drake—, ordené que el joven Benjamin fuera reducido, pero la directora Brazenhope se negó en redondo. Utilizó su posición y el respeto que inspira para protegerlo. ¿Por qué? No es necesario ser un genio para verlo. Ella, como él, es una Doble Amenaza, y se protegen mutuamente. Incluso pueden verlo hoy. Después de que yo amenazara al señor Pinch con reducirlo de nuevo, ¿quién ha salido a defenderlo? ¡Pues el joven Benjamin, claro! Un Doble Amenaza protegiendo a otro Doble Amenaza que protege a otra Doble Amenaza. ¿Cuándo va a terminar esta locura? ¿Cuándo volverá la cordura a estas honorables salas? ¿Cuántas veces nos van a morder los tigres antes de que los sacrifiquemos?

La voz del director era tan segura y fuerte que incluso Charlie casi se dejó convencer por su apasionado argumento. Pero antes de que pudiera hablar, las enormes puertas de la cámara del Consejo Supremo se abrieron de par en par y un empleado con un uniforme azul entró apresuradamente en la sala.

—¿Qué significa esto? ¡Estamos en una sesión a puerta cerrada! —rugió el director Drake.

—Siento interrumpirle —repuso el hombre con la voz temblándole al ver que todas las miradas se clavaban en él—. Pero me he visto obligado a hacerlo porque tengo unas noticias muy urgentes que darle.

—¡Entonces deje de hablar de lo urgentes que son y díganoslas de una vez!

—Slagguron se ha puesto en movimiento.

—En la sala todo el mundo se puso a hablar frenéticamente del significado de esas desagradables noticias.

—¡Silencio! ¡Silencio! —gritó el director Drake intentando poner fin al revuelo que se había armado—. ¿Adónde se dirige?

El hombre intentó mantener la calma.

—Aquí. Si Slagguron no cambia de dirección, llegará al Departamento de las Pesadillas dentro de una hora.

15

LA INVASIÓN DE LOS NOMINADOS

Las paredes de acero de la Cámara de Inteligencia, situada en las profundidades del corazón del Departamento de las Pesadillas, estaban cubiertas de pantallas que mostraban las terribles imágenes del destructivo túnel que Slagguron estaba abriendo en la corteza de la Tierra, derribando puentes y edificios a su feroz paso. Charlie, que se encontraba en el fondo de la sala con sus amigos, se sorprendió al ver las gigantescas cantidades de tierra que el monstruo apartaba violentamente al desplazarse.

—¡Madre mía, qué rápido avanza! —exclamó Rex mirando la pantalla central. El puntito blanco que destellaba representaba el avance del nominado conforme avanzaba con velocidad supersónica por un mapa de Estados Unidos captado a través de un satélite.

—¿Están seguros de que viene hacia aquí? —preguntó Drake, con el labio superior cubierto de sudor por la inquietud que le producía la noticia—. Por el rumbo que sigue parece dirigirse a Las Vegas, quizá sea adonde planea ir.

—¿Para qué? ¿Para ir a jugar a un casino? —le soltó Rex poniendo los ojos en blanco—. No, viene hacia aquí. Debe de haberse dado cuenta de que intentábamos localizar su guarida y ha decidido atacarnos antes de que nosotros les ataquemos a ellos.

—General Dagett, ¿qué nos aconseja hacer? —le preguntó el director a William.

—Tenemos que evacuar inmediatamente el lugar.

—¿Evacuarlo? ¡Venga, no estarás hablando en serio! ¿Te refieres a huir? —protestó Rex.

—¡Claro que no! Y no me ha gustado lo que has insinuado. Lucharemos, pero no lo haremos atrapados aquí, donde Slagguron nos aplastaría como una lata de refresco. La ventaja que tenemos es que sabemos que se dirige aquí gracias al localizador que mi hijo le puso.

A Teodoro le sorprendió este inesperado elogio de su padre.

—¿Has oído eso? ¡Me ha llamado hijo delante de todos! —le susurró a Charlie.

—¡Es verdad! —respondió su amigo con una sonrisa.

—No —prosiguió William—. Vamos a evacuar el lugar, y cuando Slagguron nos ataque, estará atacando un edificio vacío. Y entonces entraremos por un portal y le atacaremos desde la superficie, cuando menos se lo espere.

Rex asintió con la cabeza. Charlie vio que el plan había impresionado al vaquero.

—¡Ya puede empezar la evacuación! —le ordenó el director Drake.

Las luces azules empezaron a parpadear por todo el edificio y escuadrones de abreportales entraron en acción, apresurándose a ir a otras áreas del Departamento para empezar a evacuar al personal por un portal.

—¿Y los civiles? —preguntó Tabitha a Drake.

—¿Los civiles?

—Los que están ahí arriba —dijo ella señalando el techo

con la cabeza—. Si vamos a luchar en la superficie, la gente del zoo morirá.

¡El zoo! Hacía tanto tiempo que Charlie entraba en el Departamento de las Pesadillas por un portal que se había olvidado por completo que lo habían construido debajo del zoo de San Diego. En una ocasión le había preguntado a Rex por qué se encontraba en este lugar, y éste se había encogido de hombros y le había respondido: «No lo sé. Quizá porque como la gente está acostumbrada a oír en un zoo toda clase de extraños gruñidos y ruidos, no se extrañaran si oyen a alguno de nuestros monstruos del Mundo de las Profundidades».

Charlie no estaba seguro de que aquella fuera la verdadera razón, pero en ese momento no importaba, porque si no hacían algo rápidamente, los animales del zoo en lugar de zamparse su comida habitual, quizá cambiarían de menú.

—¡Bien pensado! —dijo el director Drake a Tabitha—. Pida a un equipo que le ayude a evacuar el área.

—¡Ahora mismo! —repuso ella, y se apresuró a salir de la sala.

—¡Ahí va! —rugió William señalando la pantalla en la que aparecía una vista aérea de Las Vegas—. Miren la destrucción que está creando.

Algunas calles estaban levantadas por el gigantesco túnel que Slagguron había abierto bajo ellas. La falsa Estatua de la Libertad que adornaba la entrada del casino New York, New York cayó al suelo y bloqueó el tráfico. Los coches se empotraron contra los edificios, los autobuses volcaron… Aunque la imagen fuera sin sonido, Charlie vio a los transeúntes gritando mientras se lanzaban al suelo intentando protegerse del caos.

—¡Oh, no! ¡Pobre gente! —gimió Violeta.

Contemplaron horrorizados cómo Slagguron pasaba por debajo de la pirámide negra del Hotel Luxor. Los cristales de las ventanas del hotel estallaron a su paso. El pavimento se cubrió de una lluvia de cristales.

—Hay que dar la alerta a Camp Pendleton, la base militar —dijo William al director.

—¡Estoy de acuerdo con usted! —repuso Drake asintiendo con la cabeza.

—¡Un momento! ¿Van a llamar a los militares? —exclamó Rex sin acabar de creérselo—. ¡Es una sentencia de muerte!

—¿Para Slagguron? —preguntó Charlie.

—No, chico, para los militares. Sólo nos entorpecerán y esa bestia se lo pasará en grande haciéndoles pedazos.

—Acabarán enterándose de todos modos —replicó William—. No creo que un monstruo tan monumental haciendo estragos les pase desapercibido.

—Supongo que así es —respondió Rex lanzando un hondo suspiro—. Pues en ese caso diles que vengan armados hasta las orejas, no tiene ningún sentido que se presenten desarmados. Y que es mejor que se apresuren.

Charlie echó un vistazo a la pantalla central. Slagguron había dejado atrás Las Vegas a una velocidad desorbitante y ahora estaba entrando en California. Si seguía con la misma pasmosa velocidad, llegaría a San Diego en cuestión de minutos.

—¿Podemos ayudaros en algo? —le preguntó Charlie a Rex.

—¿Ayudarnos? La única forma de hacerlo es que salgáis volando de aquí para que podamos hacer nuestro trabajo.

—¡De ningún modo! ¡Si tú no has querido huir, nosotros tampoco lo haremos! —gritó Teodoro.

—¡Éste no es un asunto para chicos! ¡La Academia está cerrada! ¡Las clases se han suspendido! ¡Venga, fuera! —les ordenó Rex.

—Tiene razón. Debemos irnos. Nosotros sólo entorpeceríamos su trabajo —reconoció Brooke.

Charlie sabía que Rex tenía razón. Nunca habían participado en una guerra tan violenta y seguramente acabarían heridos o perdiendo la vida… Sin embargo, no podía soportar la idea de perderse esta aventura.

—¡Nos quedamos! O al menos yo lo haré, porque no puedo hablar por los demás.

Rex sacudió la cabeza.

—Chico, no tengo tiempo para tonterías. Te lo digo en serio.

—No te preocupes por nosotros. Todo irá bien.

—¡Creía haberte advertido que no dijeras cosas como «Todo irá bien» cuando no tienes ni idea de lo que estás hablando!

Y entonces fue cuando escucharon la vibración.

Al principio era débil y lejana, un traqueteo a lo lejos, como el de un tren circulando a varios kilómetros de distancia.

—¡Es él! —exclamó William—. Desterrador Henderson, reúna a su escuadrón y váyase.

—De acuerdo —le respondió Rex—. Tenéis que iros de aquí, chicos. Hablo muy en serio. Prométeme que lo haréis, —añadió dirigiéndose a Charlie.

—Te lo prometo.

—No sé por qué, pero no acabo de creerte —exclamó el vaquero sacudiendo la cabeza mientras iba corriendo a reunir el escuadrón de adultos que estaba bajo sus órdenes.

El traqueteo fue aumentando por minutos y el edificio empezó a temblar violentamente. El equipo cayó de las estanterías, las luces se pusieron a chisporrotear y después se apagaron.

Charlie miró la pantalla central. Slagguron estaba casi sobre ellos.

—Es mejor que nos vayamos —dijo lanzando un suspiro.

—¿Estás seguro? —le preguntó Teodoro.

Charlie asintió con la cabeza.

—Entonces, ¡apresuraos! ¡O será demasiado tarde! —gritó Brooke.

Teodoro agitó la mano y abrió un portal en el primer anillo.

El traqueteo se volvió ensordecedor y de pronto la sala que había bajo ellos estalló con tanta fuerza que los proyectó por el portal abierto, lanzándolos contra una duna de arena dura y azulada del Mundo de las Profundidades.

Charlie se giró justo a tiempo para ver a Slagguron aparecer de las oscuras profundidades de la Tierra como un gigantesco tiburón blanco. Lanzando un potente bramido, el nominado perforó las gruesas paredes subterráneas del Departamento de las Pesadillas y se metió por ellas con su resbaladizo cuerpo gris como un tren de carga.

—¡Qué pasada! —musitó Teodoro.

De pronto todos se quedaron boquiabiertos al ver que detrás de Slagguron iban Barakkas, Verminion y un montón de mortíferas criaturas voladoras y terrestres del Mundo de las Profundidades haciendo repiquetear las mandíbulas.

—¡No falta ni uno! ¡Los cuatro nominados están en la Tierra! —exclamó Brooke lanzando un grito ahogado.

—¡Cierra el portal! ¡Ciérralo antes de que nos vean! —gritó Charlie.

Teodoro agitó la mano y cerró de golpe el portal. Al instante el Mundo de las Profundidades se quedó silencioso y tranquilo. Nadie se movió hasta que Brooke logró ponerse en pie.

—¡Buen trabajo, Teo! —dijo sacudiéndose la arena.

—Gracias —repuso el chico sonrojándose—. No tiene importancia. Sólo ha sido un pequeño portal —añadió enco-

giéndose de hombros complacido por el halago—. ¡Eh, tío!
¿Cuándo volvemos a la Tierra? —le preguntó a Charlie.

—¿Qué? —gritó Brooke—. ¿No pensaréis volver a la Tierra, verdad? ¡Se lo prometimos a Rex!

—Yo sólo le prometí que me iría de allí, no que no volvería —repuso Charlie.

—¿Qué eres tú, un político? ¡Sabes que no quieren que
volvamos por una buena razón! ¡Nos podrían matar a todos!

—¡O podríamos salvar a mucha gente! —replicó Teodoro—. Ya has visto cuántos monstruos nos están atacando.
¡Todos los del Mundo de las Profundidades! Van a por todas.
Significa que quieren exterminarnos por completo. Cuando
terminen, incluso es posible que el Departamento de las Pesadillas haya dejado de existir. Debemos hacer todo cuanto
esté en nuestras manos, por peligroso que sea. Venga, Charlie, tú también estás de acuerdo conmigo, ¿verdad?

El muchacho meditó durante un momento. Era una decisión muy difícil.

Si volvían para luchar en la Tierra, tal vez morirían. Pero el
ataque contra el Departamento de las Pesadillas podía acabar
con la humanidad entera. Debían hacer todo cuanto pudieran por ayudar, ¿no era así? Y ellos tenían unas habilidades
muy especiales, muy buenas. ¿Por qué no aprovecharlas? Y sin
embargo… ¿podría soportar ser el responsable de la muerte
de sus amigos si perdían la vida? Porque si decidía volver a la
Tierra a luchar, los demás le seguirían.

¿Podía decidir por ellos?

—¿Qué dices? —le insistió Brooke.

—Vamos a volver —dijo Violeta en voz baja.

Todo el mundo se giró hacia ella. Había permanecido tan
callada que Charlie se había olvidado incluso de que estaba
allí.

—¿Estás segura, Violeta? —le preguntó.

Ella asintió con la cabeza.

—Tabitha tenía razón. El ataque no ocurrirá sólo en el Departamento de las Pesadillas. También se luchará en la superficie, en el zoológico, donde habrá grupos de escolares, padres visitando el lugar con sus bebés. Necesitarán nuestra ayuda.

—No te entiendo —protestó Brooke—. Hace sólo un rato me decías que te sentías como perdida, que tu parte guerrera se estaba apoderando de ti y que la odiabas. ¿Y ahora quieres volver a la Tierra para luchar?

Violeta le lanzó una dura mirada a aquella chica mayor que ella. A Charlie le impactó su intensidad.

—No voy a permitir que ningún otro niño se quede sin padres… o que los padres se queden sin sus hijos. No voy a permitir que vuelva a ocurrir.

¿Que vuelva a ocurrir? Charlie se preguntó a qué se estaría refiriendo Violeta. Aunque Verminion hubiera raptado a sus padres, ella no lo había presenciado. ¿Por qué estaba tan afectada entonces?

A no ser que…

—¿Te estás refiriendo a tu madre? —le preguntó en voz baja.

Violeta se quedó callada. Pero al fin asintió con la cabeza casi imperceptiblemente.

—Me dijiste que había muerto. ¿Cómo murió?

A la desterradora se le empañaron los ojos, pero no perdió la calma.

—Tuve una pesadilla.

Tuve una pesadilla.

Charlie sintió el peso de estas tres palabras en su corazón y de pronto comprendió muchas cosas sobre su amiga. Su madre no había muerto de una enfermedad, sino asesinada. Asesinada por un monstruo que había entrado con las pesadillas de Violeta.

Debe de sentir una terrible culpabilidad, pensó. Pero no había ocurrido por su culpa, ella no era más que una niña, y no podía haber hecho nada para controlar sus pesadillas o evitarlas. Y sin embargo sabía que si le hubiera pasado a él no lo habría soportado.

—Yo vuelvo a la Tierra para luchar —afirmó Violeta—. Quiero ayudar a esas familias. Charlie, puedes venir o quedarte, pero necesito que abras un portal. ¿Lo harás?

—Sí, claro que lo haré. Y pienso ir contigo. Ha llegado el momento de vengarnos —respondió él.

—Sí. ¡Ha llegado el momento de vengarnos! —exclamó Teodoro sonriendo de oreja a oreja—. ¡Soy un machote, nenes! ¡Yiiihaa!

16

LA VENGANZA

El zoológico de San Diego se había convertido en un campo de batalla. Lo primero que Charlie advirtió al salir del portal fue una algarabía de gritos y chillidos y el chirrido metálico de los vehículos blindados. El ejército acababa de llegar: los carros de combate cruzaban el Tiger River y el Sun Bear Forest del zoo y los aviones de combate silbaban por el cielo.

¡No importaba!

Como Rex había pronosticado, los monstruos del Mundo de las Profundidades avanzaban como si nada.

Barakkas, con un musculoso cuerpo de diez plantas de altura y la piel azul de rabia, estaba levantando con la mano que le quedaba los carros de combate y los lanzaba como si fueran juguetes de plástico a las tropas que se acercaban, derribándolas como bolos.

Slagguron, mientras tanto, surgió de debajo del suelo y proyectó una gigantesca lluvia de tierra y metal, dejando al descubierto el Departamento de las Pesadillas en ruinas. Y entonces, como una ballena agitando la panza, golpeó con su cuerpo el suelo aplastando todo cuanto tenía debajo con su demencial masa y volvió a meterse bajo tierra para repetir el devastador proceso.

Y Verminion, del tamaño de un campo de béisbol, se deslizaba sobre sus patas de cangrejo mientras cientos de cohetes estallaban sobre su duro caparazón sin hacerle el menor rasguño. Con su gigantesca pinza destrozaba en un instante las barricadas como si fueran de mantequilla.

Y no sólo había los nominados.

Los monstruos de la clase 5 también estaban aplastando rápidamente a las desesperadas tropas de infantería con sus afilados dientes y sus mortíferas pinzas. Era una escena surrealista: los rosados flamencos de patas largas y delgadas, las jirafas de largos cuellos y las saltarinas gacelas —liberadas de sus hábitats del zoo por la destrucción— corrían desesperados entre los feroces monstruos. En el cielo, los murciélagos se lanzaban en picado sobre los cazas, destrozándolos y arrojándolos con furia contra el suelo convertidos en gigantescas bolas de fuego. Los grandes felinos de las zonas de los leones y los tigres, que habían echado a correr en medio de un montón de acechadores, acabaron hechos pedazos al instante; en esta ocasión quedaba claro quién era el rey de la selva.

Charlie no podía creer que aquellas terribles imágenes fueran reales.

Hasta entonces sólo había visto a las sanguinarias criaturas deambulando por sus inmensas y espeluznantes guaridas o vagando por los anillos del Mundo de las Profundidades, pero nunca las había visto actuando abiertamente a plena luz del día, rodeadas de personas, de aquellas personas de las que el Departamento de las Pesadillas aún tenía que evacuar.

—¡No! —gritó Brooke de pronto sacando a Charlie de su estado de *shock*.

Al girarse vio unos escolares chillando y huyendo mientras la sombra de un carro de combate que Barakkas había lanzado en el aire descendía sobre ellos. En el momento en que iba a aplastarlos se abrió de pronto un portal enorme y el tanque cayó por él estrellándose en el Mundo de las Profundidades.

Charlie al mirar a su alrededor descubrió que Tabitha había abierto el portal. Estaba actuando con tanta rapidez y furia que al instante de cerrarlo, abrió otro para proteger a un trabajador del zoo de un peligruro.

—¡Agáchate! —gritó Violeta.

Charlie se agachó justo en el instante en que su amiga lanzó el hacha en su dirección, el filo le pasó tan cerca de la cabeza que le cortó varios cabellos. Al girarse vio el hacha clavada en el cráneo de un lenguaplateada. El feroz animal en forma de escorpión había estado a punto de atravesar con su aguijón a una madre que se había lanzado al suelo frente a su hijita para protegerla.

—¡Es increíble! —gritó Charlie, pero Violeta pasó corriendo junto a él sin responderle.

Tras arrancar el hacha del cráneo del lenguaplateada muerto, se enfrentó a una bruja con una serenidad y una frialdad que a Charlie le habrían parecido extrañas de no haberlas reconocido en su interior. Él también entraba en aquel estado cuando era un desterrador.

Mientras contemplaba a Violeta luchando, vio entusiasmado a su alrededor escuadrones de élite de abreportales y desterradores en plena acción. Blandían sus armas y abrían portales con una destreza y una elegancia tan portentosa que los soldados del ejército parecían moverse a cámara lenta.

—¡Te van a atacar por detrás! —le gritó Charlie a Teodoro. El joven abreportales acababa de abrir un portal delante de un murciélago del Mundo de las Profundidades, que se había partido la crisma al atravesarlo y estamparse contra un peñasco del primer anillo. En ese momento, advertido por su amigo, vio a un grupo de arrojadores de ácido acercándose a sus espaldas. Teodoro abrió al instante un portal bajo ellos e hizo que cayeran en la oscuridad del Mundo de las Profundidades.

—¡Gracias por avisarme! —gritó el chico espigado y flacucho.

—¡De nada!

Charlie se giró y lanzó su estoque al acechador que estaba a punto de atacar a un guarda de seguridad del zoo. El monstruo se desplomó en el suelo con el estoque clavado y por un maravilloso y perfecto momento el chico pensó: *¡Podemos hacerlo! ¡Podemos ganar esta guerra!*

Y entonces volvió a la realidad.

Rex le había dicho que los desterradores debían ser valientes al luchar, lo cual significaba que cuanto más difícil fuera la situación, más fuerte se volvía un desterrador para afrontarla. Pero ¿acaso no se podía llegar a un punto en que los obstáculos fueran demasiado grandes? Por más implacables y brillantes que fueran los que luchaban a su alrededor, Charlie sabía que los monstruos de la clase 5 del Mundo de las Profundidades eran mucho más numerosos que ellos. ¡Sin contar con los nominados! Era una batalla perdida.

La gente moría: soldados, desterradores y abreportales, e incluso algunos civiles que sólo pretendían disfrutar de un día tranquilo en el zoológico. Aquella guerra no era ninguna broma, sólo provocaba miedo y destrucción. Al echar un vistazo, Charlie vio a Rex y Tabitha enfrentándose a Barakkas. Tabitha intentaba usar un portal para que el gigantesco monstruo tropezara, mientras Rex se preparaba para saltar sobre él con su daga, pero Barakkas era demasiado rápido y los lanzó como si fueran muñecos de trapo, dando vueltas violentamente en el aire y yendo a parar al Gorilla Tropics, el hábitat de los gorilas.

—¿Estáis bien? —preguntó Charlie.

—Sí, chico. ¡Y ahora olvídate de nosotros y ten mucho cuidado! —le gritó Rex.

—¡De acuerdo!

Y entonces fue cuando Barakkas se percató de la presencia de Charlie. La monstruosa bestia lanzó una carcajada hueca y sonora.

—¡Pero si es mi viejo amigo Charlie Benjamin! —exclamó mientras con su garra aplastaba como si nada un carro de combate—. ¿Qué me cuentas, chico? ¿Estás sorprendido? ¿No estás asombrado de vernos en plena y memorable acción? —sus enormes pezuñas despidieron chispas al avanzar por el muro de contención de piedra del estanque de los cocodrilos.

—Es… increíble —exclamó Charlie esquivando a un brincador del Mundo de las Profundidades—. No estaba seguro de que hubieras sobrevivido.

Barakkas volvió a lanzar una carcajada larga y estridente.

—Debo reconocer que estuve a punto de palmarla. Tu treta de meses atrás casi nos cuesta la vida a Verminion y a mí, pero aquí estamos, tan fuertes y letales como siempre, ¡listos para acabar con tu lastimosa tiranía! Me apuesto lo que sea a que ahora, en lugar de hacer que nos enfrentáramos, desearías haberte unido a nosotros, ¿eh, Charlie Benjamin? ¡Si lo hubieras hecho, ahora podría ser el momento de tu victoria y no el de tu muerte!

Barakkas emitió de pronto un rugido ensordecedor. Agarrando con la mano que le quedaba a un elefante que huía, lanzó al asustado animal contra un helicóptero del ejército con una asombrosa precisión.

La explosión fue enorme.

—¡Qué mosquito más pesado! —rugió.

¿Qué vamos a hacer? ¿Cómo podemos detenerlos?, pensó Charlie.

Y entonces fue cuando se percató de Pinch.

El chico (bueno, el hombre, ¡nunca conseguía acordarse!) se encontraba plantado a veinte metros de distancia, mirando fijamente a Verminion, que estaba arrasando a un pelotón de soldados. Charlie se había olvidado de él en medio del caos.

—¡Verminion! ¡Mírame, cobarde! —gritó Pinch.

El gigantesco monstruo se detuvo y se giró lentamente hacia él.

—¿Tienes algo que decirme, chico?

—He estado esperando este momento hace mucho tiempo —repuso Pinch avanzando con firmeza hacia el mortífero nominado—. Mataste a mis padres y ahora yo voy a matarte.

¡Oh, no!, pensó Charlie. ¿Qué estaba haciendo Pinch? ¿Se le había subido el Don a la cabeza?

—¿Edward? —dijo Verminion mirándolo con curiosidad. La gargantilla mágica del Mundo de las Profundidades se puso a brillar con una luz negruzca alrededor de su escamoso cuello—. ¿Eres de verdad Edward Pinch?

Éste asintió con la cabeza.

—¿Estás sorprendido? Ahora vuelvo a ser tan poderoso como antes.

—¡Oh, aunque lo fueras, recuerda que en el pasado no pudiste salvar a tus padres, ni a tu ciudad, ni a tu Don, ¿verdad? —observó mientras los soldados seguían atacando su caparazón inútilmente.

Charlie había olvidado lo cruel que aquella horrible bestia podía ser, pero a Pinch no pareció importarle.

—Aunque no lo aparente, ahora soy mayor. Mayor y más sabio —afirmó Edward.

—Ser mayor no siempre significa ser más sabio. A veces la edad sólo trae arrugas.

—¿Sabes que podrías dedicarte a escribir las frases de las galletitas chinas de la suerte? Tienes un don para ello.

—Al igual que tú, hasta que te lo quitaron.

Pinch le lanzó una mirada llena de odio.

—¡No sabes las veces que he soñado con matarte!

—¿Ah, sí? ¡Qué curioso! Yo apenas he pensado en ti desde que me trajiste estúpidamente a tu mundo —respondió Verminion.

—Eres tú el que va a quedar como un estúpido.

—¿Eso crees? Ya lo veremos.

Verminion, con una pasmosa rapidez, se lanzó sobre Pinch como un tren de carga rugiendo ferozmente, destruyendo cualquier objeto o ser que se cruzaba en su camino. Avanzó chasqueando su monstruosa pinza y estirando el cuello de su enorme cabeza de gárgola para agarrar con su pestilente boca al molesto y jactancioso hombrecillo que se encontraba frente a él.

Pinch no se movió un ápice.

Una milésima de segundo antes de que Verminion le alcanzara, abrió un portal justo del tamaño del cráneo del nominado. El monstruoso cangrejo al ir con el cuello estirado no tuvo tiempo de evitar que la cabeza le entrara por el portal y Pinch lo cerró con una maravillosa precisión, decapitándolo en el acto. Su cuerpo en forma de platillo cayó ruidosamente al suelo como un jumbo abatido, arrancando grandes pedazos de césped, mientras de su cuello manaba un enorme chorro de sangre negruzca y pegajosa.

Todos se quedaron estupefactos al ver que Verminion, uno de los cuatro nominados del Mundo de las Profundidades, había muerto.

17

EL PLAN DE PINCH

—¿Qué has hecho? ¿Qué has hecho, hombrecillo? —rugió Barakkas contemplando el cuerpo decapitado de Verminion.

Pinch retrocedió tambaleándose, asustado, mientras el nominado avanzaba hecho una furia hacia él con sus monstruosas pezuñas emitiendo llamaradas al chocar contra el suelo.

A Charlie le sorprendió la sangre fría que Pinch mostró ante Verminion y el terror que, en cambio, le producía Barakkas. La gran diferencia, concluyó, se debía al puro odio que Pinch sentía hacia Verminion. Después de todo, había matado a sus padres y era la causa principal por la que lo habían reducido.

—¡Nada sobrevivirá a mi venganza! —gritó Barakkas avanzando.

De pronto Slagguron salió de debajo de la tierra frente a él y le impidió el paso a la bestia con su descomunal mole.

—¡Detente!

—No te metas en esto, Slagguron. Han matado a Verminion. Deben pagar por ello —rugió Barakkas.

—No. Debemos irnos. Ya hemos alcanzado una de nuestras metas.

¿De qué meta estará hablando?, se preguntó Charlie.

El monstruo de piel azulada levantó la cabeza al oír helicópteros a su alrededor filmando la increíble escena. Les rugió, con sus ojos rojos llenos de rabia; era una imagen aterradora.

¡Ya lo tengo! ¡Su meta es producirnos miedo!, comprendió de pronto Charlie. Como los nominados se habían mostrado abiertamente a plena luz del día, gente de todas partes del planeta había visto de primera mano que estaban compartiendo la Tierra con unas criaturas terribles. Esa noche un montón de personas tendrían pesadillas.

Y esas pesadillas abrirían muchos portales, por donde entrarían montones de monstruos.

—Quizás hayamos alcanzado una meta, pero nos ha costado un precio terrible. Ahora todo está perdido —afirmó Barakkas.

—No. Aún hay esperanzas —repuso Slagguron.

¿Esperanzas?, se preguntó Charlie. *¿Esperanzas de qué?*

—Sígueme. Estos miserables humanos no son nada para nosotros. Debemos continuar con nuestros planes —dijo Slagguron.

Y tras pronunciar estas palabras saltó en medio del aire y, hundiendo la cabeza en el suelo, desapareció bajo tierra dejando tras de sí un gigantesco túnel.

—¡Esto no se ha acabado! ¡Pronto volveremos para hacer pedazos vuestro mundo! —rugió Barakkas lanzando una furibunda mirada a los abreportales y desterradores que se encontraban a su alrededor, exhaustos y cubiertos de sangre, en el zoo en ruinas.

La colosal bestia agarró de un manotazo la gargantilla mágica del cuello decapitado de Verminion y rápidamente se metió en el túnel detrás de Slagguron y desapareció en la oscuridad. El resto de los monstruos le siguieron.

El ejército del Mundo de las Profundidades desapareció con la misma rapidez con la que había aparecido.

—¡No puedo creerlo! —exclamó Rex rompiendo el silencio—. Lo has hecho, Pinch. Has matado a Verminion.

—Sí, a mí también me cuesta creerlo —admitió él al tiempo que se dibujaba una sonrisa en su cara de niño.

Los abreportales y desterradores que habían sobrevivido —agotados y muchos de ellos heridos— lo vitorearon con entusiasmo. *¡Pinch! ¡Pinch! ¡Pinch!*, gritaron y alguien lo lanzó en el aire. Se lo fueron pasando de uno a otro en una alegre oleada de adulación.

Pinch nunca se había sentido tan feliz y Charlie se alegró por él.

Después de haber sido marginado y despreciado en el Departamento de las Pesadillas toda la vida, ahora se había convertido en un héroe. *Qué sensación más extraña debe producir pasar de sentirte con la autoestima por los suelos a sentirte todo un triunfador.*

Incluso Rex, el más acérrimo crítico de Pinch, había elogiado al chico (*¡Al hombre!*, se corrigió Charlie. *¡Al hombre! ¡Al hombre!*). A la sombra del aún caliente cadáver de Verminion, Pinch fue levantado en alto y venerado como los caballeros de antaño que mataban a un dragón.

Me alegro. Me alegro por él. Se lo merece, pensó Charlie.

El chico sólo vio a una persona que no parecía alegrarse por el triunfo de Pinch. El director del Departamento de las Pesadillas se limitó a mirar con frialdad cómo lanzaban al nuevo héroe en el aire y se lo pasaban unos a otros.

—¡Desterradores! ¡Abreportales! —gritó Drake aguando con su fría voz la alegre celebración.

Uno a uno los adultos que estaban bajo sus órdenes se fueron callando.

—Aunque esté bien agradecer al señor Edward Pinch el servicio que ha prestado al Departamento...

¿El servicio que ha prestado al Departamento? ¡Qué forma más extraña de expresarlo!, pensó Charlie, porque prestar un servicio al Departamento significaba prestárselo al director.

—... debemos recordar que no es el momento para una celebración —prosiguió—. Muchos de nuestros camaradas han muerto en este aciago día. El mundo ya no es el mismo que era al despertarnos esta mañana. La batalla no está ganada, debemos ser realistas y ver que no ha sido más que una pequeña victoria.

Todos se pusieron serios. El abreportales que sostenía en alto a Pinch lo dejó con suavidad en el suelo.

—Estoy totalmente de acuerdo con usted —repuso Pinch arreglándose la ropa. A Charlie le produjo una sensación de lo más extraña ver a un chico de su edad hablando como un adulto—. No ha sido más que una pequeña victoria. No debemos contentarnos con ella. Nuestra meta debe ser una victoria absoluta. ¡Y podemos alcanzarla hoy mismo! —añadió dirigiéndose a la multitud.

—¿Qué? ¿Cómo puede afirmar algo tan ridículo? —protestó el director Drake alarmado.

—Tengo un plan —prosiguió Pinch— y, si lo seguimos, el resto de los nominados y los monstruos del Mundo de las Profundidades que están bajo sus órdenes en la Tierra, habrán muerto al anochecer.

En las ruinas de lo que había sido la cámara del Consejo Supremo del Departamento de las Pesadillas, los desterradores y los abreportales miraban asombrados a Pinch mientras él acababa de contarles su estrategia para destruir a los nominados.

—Con el Guardián de nuestra parte, abriremos un portal para llevarlo a la guarida de los nominados en el Himalaya. Los monstruos del Mundo de las Profundidades no podrán defenderse, porque el aura del Guardián los dejará totalmente incapacitados, y entonces podremos hacer lo que queramos con ellos sin correr ningún peligro.

Se hizo un silencio en la sala mientras todos consideraban el plan de Pinch. Rex lo rompió al fin lanzando un silbido de admiración.

—Reconozco, Pinch, que es el plan más audaz que he oído en toda mi vida —exclamó.

—¡Es brillante! —terció Tabitha—. Llevar al Guardián a la Tierra y usarlo como arma parece tan sencillo que no puedo creer que no se nos haya ocurrido a ninguno de nosotros antes.

—A mí sí que se me ocurrió —intervino el director Drake desde su elevada silla presidiendo la cámara—, pero me lo quité de la cabeza por los riesgos que conllevaba.

—Pues yo no los veo por ninguna parte —replicó Pinch avanzando hacia él—. Es un acto audaz en un momento que debemos ser audaces.

—Lo que usted llama audacia es para mí una insensatez. Aunque ahora conozcamos el paradero de la nueva guarida de los nominados…

—Gracias a Teodoro Dagget —le interrumpió Pinch asintiendo con la cabeza y mirando al chico para apoyarle. Charlie no se lo podía creer, era la primera vez que Pinch reconocía el mérito de alguien que no fuera él mismo.

—Sí, gracias al joven Dagget —prosiguió el director—,

ahora conocemos dónde se encuentra la nueva guarida, pero sacar al Guardián del Mundo de las Profundidades para llevarlo a ella es un plan muy peligroso.

—¡Sí, para los monstruos! —exclamó Rex. Los adultos de la sala se echaron a reír ante el comentario.

Al director no le hizo ni pizca de gracia y Charlie se preguntó si era una buena idea llevarle la contraria de aquel modo. Parecía estar a punto de estallar.

—¿El aura del Guardián dejará inutilizados a los nominados y a los otros monstruos en su guarida permitiéndonos destruirlos fácilmente? —cuestionó el director—. Sí, sin duda. Pero no podemos garantizar que el Guardián sobreviva rodeado de tantos humanos. Y tampoco han tenido en cuenta que, al sacarlo de la Anomalía, el gigantesco portal de la zona quedará desprotegido y Tyrannus seguro que aprovechará la ocasión para entrar en la Tierra.

—Sí que lo he tenido en cuenta —replicó Pinch—. Sencillamente lo mataremos cuando llegue a la guarida. A cualquiera con dos dedos de frente se le habría ocurrido.

—Que yo no tenga el Don, señor Pinch, no significa que sea un besugo. Nos está sugiriendo que saquemos al Guardián de la Anomalía para destruir con su aura a los monstruos de la Tierra, pero lo único que sabemos con seguridad es que al hacerlo dejaremos que Tyrannus se escape del Mundo de las Profundidades.

—Sí, ¿y qué? Ahora que Verminion ha muerto, los nominados ya no pueden convocar al Quinto, o sea que no hay ningún peligro. El resultado puede ser tan excelente que compensa los peligros que tiene.

—Pues yo discrepo totalmente —replicó el director Drake—, porque pondremos al Guardián en peligro, y dejar que el último nominado entre en la Tierra con la remota esperanza de matarnos a todos de una sola vez no tiene sentido. Es un plan insensato y peligroso y no pienso aprobarlo.

—Yo coincido con el director —afirmó William dando un paso hacia delante; su mandoble relucía a pesar de lo poco iluminada que estaba la cámara en ruinas.

—¿Ah, sí? ¡Qué extraño! —musitó Rex con ironía.

—No podemos dejarnos llevar por este... hombre, supongo —afirmó William señalando a Pinch con la palma de la mano—, sólo por su breve momento de gloria.

Rex se puso en pie.

—Todo el mundo sabe que Pinch nunca me ha caído bien. Pero cuando alguien tiene razón, la tiene y punto, y reconozco que su plan es muy bueno. Slagguron y Barakkas están confundidos con la muerte de Verminion, pero se les pasará pronto. Por eso ahora es el momento de actuar. Si llevamos al Guardián a su guarida, acabar con esos chicos malos será pan comido. Hoy ya hemos visto lo que esos monstruos son capaces de hacer si dejamos que se recuperen. ¿Quién está de acuerdo conmigo? —preguntó girándose hacia los presentes.

—Yo lo estoy —exclamó Tabitha poniéndose en pie.

—Y yo también —afirmó Charlie levantándose a su vez.

Uno a uno, los abreportales y los desterradores de la sala se fueron poniendo en pie para apoyar a Pinch y su plan. El director y William se miraron preocupados.

Charlie de pronto lo vio todo con claridad:

¡Drake no quiere que los matemos a todos!, comprendió estupefacto. *Lo único que le importa es seguir en su cargo, y si los nominados y sus secuaces murieran, el Departamento de las Pesadillas acabaría desapareciendo. Sin una amenaza constante cerniéndose sobre nosotros, Drake no tendría ningún poder. Y lo que le sienta peor es que si triunfamos el gran héroe será Pinch, y no él.*

—De acuerdo —exclamó el director Drake mirando la sala llena de abreportales y desterradores que habían apoyado a Pinch—. Aprobaré este plan, pero que conste que es demasiado peligroso que un Doble Amenaza conserve todo su poder, y el hecho de que ustedes estén siguiendo ciegamente a uno de ellos me da aún más la razón. Estoy seguro de que esta desesperada táctica no funcionará, y cuando fracase, se darán cuenta de que ha sido por culpa de Pinch y de los otros Dobles Amenazas.

—Tomamos nota de sus observaciones —repuso Pinch—. Mientras nos preparamos para la batalla, ¿hay algún voluntario para escoltar al Guardián a la Tierra?

—Yo lo haré —dijo Charlie—. Ya tengo una cierta experiencia con él.

—Nosotros te acompañaremos —añadió Violeta señalando con la palma de la mano a Brooke y Teodoro detrás de ella. Ambos asintieron con la cabeza—. ¡Iremos los cuatro a buscar al Guardián!

—¡Estupendo! ¡Id ahora mismo! —respondió Pinch.

—Es un plan excelente —observó la directora.

El Guardián, sentado a su lado, tenía un aspecto sano y poderoso. Tan poderoso que a Charlie le sorprendió lo fácil que había sido volver al Cementerio del TB, ya que la protección del aura del Guardián llegaba incluso más lejos que antes. Además, alrededor del cementerio había ahora una pequeña área en la que era posible abrir portales, pero a la que los monstruos del Mundo de las Profundidades no podían entrar.

—Me alegro de volver a veros —murmuró el Guardián. Charlie se alegró al advertir que su voz ya no sonaba enfermiza, sino potente, aunque hablara en voz baja—. Os he echado mucho de menos. ¿Me podéis abrazar? Me muero de ganas de recibir un abrazo.

El deseo de abrazarlo que el Guardián provocaba ahora era incluso más acuciante que antes y Charlie tuvo que reprimirse con todas sus fuerzas para no hacerlo. Al mirar a los demás vio que a ellos también les pasaba lo mismo.

—¿Os dais cuenta de lo difícil que es ahora resistirse a tocar al Guardián? —observó la directora—. Llevarlo cerca de un montón de seres humanos es una idea muy peligrosa.

—El director también dijo lo mismo —contestó Charlie.

—¿Ah, sí? Pues por una vez tiene razón —exclamó ella levantándose y poniéndose a caminar impacientemente por el buque de guerra en el que vivía el Guardián—. Por otro lado, sólo hace unas horas he llevado a dos niños más de vuelta a sus hogares en la Tierra, porque el ataque de los monstruos de hoy les había provocado unas pesadillas horrendas. Como ya os habréis imaginado, las criaturas del Mundo de las Profundidades los habían raptado mientras las tenían esperando que mataran al Guardián. Ahora no hay ningún lugar que sea seguro para él —añadió sacudiendo la cabeza.

—¿Así que también piensa que deberíamos llevarlo a la guarida de los nominados? —preguntó Violeta.

La directora lanzó un suspiro.

—Mi cerebro me dice que sí, en cambio mi corazón me dice que no lo haga.

A Charlie le ocurría lo mismo, pero cada vez que seguía los dictados de su corazón, como por ejemplo cuando rescató a aquel niño del Mundo de las Profundidades que había resultado ser Slagguron, el desastre estaba servido. En esta ocasión estaba decidido a dejarse llevar por la lógica.

—Los beneficios de este plan pueden ser inmensos —prosiguió la directora—, pero llevar al Guardián a la Tierra y liberar a Tyrannus del Mundo de las Profundidades tiene unos riesgos colosales… No sé qué hacer…

—Pues Pinch parecía confiar mucho en su plan —observó Charlie intentando influir un poco en ella.

—¿No me digas? —respondió la directora sonriendo irónicamente. Charlie se sintió como un estúpido por intentar manipular a una mujer tan aguda—. En las últimas horas la suerte de Pinch ha cambiado de una manera increíble, ¿no os parece?

—Sin duda —terció Teodoro—. Ni se imagina la admiración que ahora despierta. Se ha convertido en un héroe. Es de locos, créame.

—¡Oh, ya lo sé! Por desgracia, cuanto más alto llegas, más dura es la caída. Es el peligro del éxito, por eso la gente hace a veces lo imposible e incluso cosas terribles para no perderlo.

Como el director, pensó Charlie, pero no lo dijo en voz alta.

—¿Qué hacemos entonces, directora? —preguntó Brooke—. ¿Llevamos al Guardián a la Tierra?

La mujer reflexionó sobre ello durante un momento.

—¿Qué opinas, Hank? ¿Te gustaría hacer un viaje? —le sugirió al Guardián.

—¡Me siento tan solo aquí! Me gustaría tener amigos —repuso el Guardián sonriendo.

Y así fue como zanjaron el asunto.

—¡Es una artimaña! —chilló Tyrannus volando muy por encima de Charlie y los demás mientras escoltaban al Guardián fuera de la Anomalía para abrir un portal y llevarlo a la Tierra—. Estás planeando algo muy malvado, directora, el viejo Tyrannus se lo huele, incluso de tan lejos.

—No tenemos nada en contra de ti —repuso la directora—. En cuanto nos hayamos ido, la Anomalía quedará sin protección y podrás huir del Mundo de las Profundidades. ¿Acaso no es lo que siempre has deseado?

—¡Claro! —chilló el murciélago dorado—. Pero el viejo Tyrannus sabe lo que le hicisteis a Verminion. ¡Lo vi con mi juguete reluciente y terrible!

Las cuatro imágenes grabadas en el anillo mágico que el nominado llevaba en el dedo se pusieron a brillar con una tenebrosa luz roja.

—Sois unas criaturas horribles, llenas de falsedad y maldad, pero no engañaréis al viejo Tyrannus. Sé lo que intentáis hacer llevando a este venenoso y pequeño Guardián adonde os habéis propuesto, ¡y ahora también lo saben los demás!

Pueden vernos, comprendió de pronto Charlie.

—Hace mucho tiempo, cuando me puse el brazalete de Barakkas, pude ver a través de los ojos de los otros nominados, que también llevaban unos artilugios del Mundo de las Profundidades —le dijo a la directora—. Como Tyrannus nos está viendo ahora con el Guardián, seguro que Barakkas y Slagguron también lo están haciendo.

—Entonces debemos darnos prisa para atacarles antes de que les dé tiempo a reaccionar —afirmó la directora con inquietud.

Echaron a correr por el Mundo de las Profundidades con tanta rapidez como las piernas cortitas y rechonchas del Guardián les permitieron. Por desgracia, no podían tocarlo para auparlo y llevarlo a cuestas. En cuanto salieron de la zona de la Anomalía, la directora abrió un portal y todos saltaron por él, yendo al corazón del Departamento de las Pesadillas en ruinas, donde se reunieron rápidamente con sus colegas.

En cuanto el portal se cerró tras ellos, el aura del Guardián del Mundo de las Profundidades desapareció y Tyrannus el Demente, soltando una loca carcajada de triunfo, voló sobre los barcos destrozados del Cementerio del TB y se lanzó directo al disco rojo giratorio de la Anomalía.

—¡Soy libre! —chilló con un estallido de risa.

Unos segundos más tarde, impulsándose con sus gigantescas alas doradas por las profundidades de las frías aguas del Atlántico, salió por fin a la superficie en medio de una explosión de agua y ascendió al hermoso cielo azul de la Tierra.

Después de esperar una eternidad, Tyrannus, el cuarto nominado, había logrado huir del Mundo de las Profundidades.

18

LOS PÁRAMOS HELADOS

En lo alto de los inmensos páramos helados del Himalaya, oculta a los curiosos ojos de los humanos, la guarida cubierta de hielo de los nominados bullía de actividad. Por un agujero gigantesco abierto en el techo de la inmensa cueva estaba cayendo aguanieve. Afuera, una violenta tempestad de nieve cubría el cielo de un impenetrable manto blanco.

—¡Daos prisa! —rugió Barakkas con cientos de monstruos del Mundo de las Profundidades apiñándose a sus pies, mientras él y Slagguron corrían por la resbaladiza capa azulada de hielo que cubría hasta el último rincón de su remota base de operaciones. Los humanos están a punto de llegar. ¡Debemos irnos enseguida!

—¿Por qué los temes tanto? ¿Acaso no somos los Señores del Mundo de las Profundidades? —preguntó Slagguron.

—No les temo a ellos, sino al Guardián. Hace mucho sufrí el efecto de ese horrible monstruo y no me hace nada de gracia volver a sentirlo.

—Incluso con el Guardián, los humanos sólo pueden hacernos daño si conocen nuestro paradero, y no tenemos ninguna razón para creer que lo hayan descubierto —concluyó Slagguron.

—Lo que no tenemos es ninguna razón para creer lo contrario.

Barakkas se detuvo de pronto al advertir algo.

La luz roja que emitía el cinturón mágico de Slagguron se reflejaba claramente en la pared de la cueva cubierta de hielo junto a otra más pequeña.

Era un puntito azul.

—¿Qué es esto? —rugió Barakkas agachándose para averiguar de dónde venía la luz. En cuanto vio el localizador que Teodoro le había colocado a Slagguron en el cinturón metálico, los ojos de color naranja se le pusieron rojos de rabia—. ¡Te han estado siguiendo, estúpido! —gritó agarrando de un manotazo el diminuto objeto mecánico, que en su puño no era más que un granito de arena, y aplastándolo.

—¡Qué mala suerte! —se quejó Slagguron haciendo una mueca—. Tenías razón. Debemos irnos ahora mismo, antes de que sea demasiado tarde.

Pero ya era demasiado tarde.

De pronto se abrieron en la guarida unos portales púrpura como unos fuegos artificiales y salió por ellos el escuadrón de élite de abreportales y desterradores, entre ellos Charlie y sus amigos.

—¡No toquéis al Guardián! —gritó la directora, mientras ella y sus ayudantes acompañaban a aquel ser diminuto y frágil al interior de la gigantesca cueva.

—¡No! —chilló Slagguron en cuanto sus ojos se posaron sobre él.

De súbito sintió un dolor inimaginable en el cerebro y se derrumbó en el hielo junto a Barakkas, que yacía agonizante echando espuma por la boca. Los cientos de monstruos de la clase 5 del Mundo de las Profundidades que le rodeaban también se desplomaron en el suelo helado, totalmente paralizados.

—¡Ha funcionado! —exclamó Charlie mirando maravillado a los monstruos que se retorcían de dolor a su alrededor—. ¡El aura del Guardián los ha dejado fritos!

—¡Qué encanto de ser! ¡Choca esos cinco, Hank! —le dijo Teodoro al Guardián ofreciéndole la palma de la mano.

Éste levantó la suya para unirla con la de Teodoro.

—¡Dagget…! —le avisó la directora.

—¡Ups! Es verdad, no puedo tocarlo. Lo siento, Hank —exclamó el chico, retirando enseguida la mano.

Pinch, mientras tanto, se paseaba por la guarida como un general victorioso lleno de una tranquila satisfacción, inspeccionando los cientos de monstruos letales que ahora yacían inutilizados en el suelo frente a él.

—Excelente. Todo está yendo sobre ruedas, tal como dije.

Le echó una mirada al director Drake, que contemplaba el resultado de la operación con el ceño fruncido y los brazos cruzados.

—No esté tan seguro de la victoria, Pinch. Incluso los mejores planes tienen su punto débil.

—Es cierto, lo cual me recuerda… Por favor, Charlie, escolta al Guardián a un lugar seguro para que podamos empezar la escabechina —dijo.

—¿No estaría más seguro aquí, con nosotros? Así podremos vigilar que no le pase nada —preguntó Charlie.

Pinch sacudió la cabeza.

—Los monstruos de la Tierra no pueden dañarle, sólo los humanos somos peligrosos para él. No podemos arriesgarnos a que alguien lo toque sin querer o aposta. Como ya sabes, el deseo que nos provoca de abrazarle es casi imposible de resistir.

—De acuerdo —respondió Charlie. Luego se arrodilló junto a aquella frágil criatura y dijo—: ¿Quieres seguirme, Hank? Te llevaré a un lugar seguro.

—Sí, Charlie —le respondió el Guardián siguiendo un sendero serpenteante que llevaba fuera de la cueva principal.

—¡Eh, Benjamin! —gritó la directora—. Cuando el Guardian esté a salvo, vuelve enseguida, por favor —le dijo con una expresión seria.

—Sí, no se preocupe —respondió Charlie girándose y asintiendo con la cabeza. La directora temía que no pudiera resistir el deseo de tocar al Guardián. Salieron de la cueva principal y se dirigieron a una gruta pequeña y oscura que había en el fondo de la entrada cubierta de hielo.

—¿Qué te parece, estarás bien aquí?

—Creo que sí. Eres muy amable —respondió el Guardián asintiendo con la cabeza. Sus grandes ojos brillaban en la penumbra.

—Gracias. Tú también eres muy amable —respondió Charlie.

—¿Me podrías abrazar? Me gustaría tanto.

—Ya sabes que no puedo.

El Guardián lanzó un suspiro que parecía casi humano.

—Lo sé. Pero sería tan maravilloso, aunque sólo me abrazaras una vez.

Charlie le sonrió.

—¡Benjamín, te estamos esperando! —oyó que le decía una voz que resonó por la entrada cubierta de hielo. Era la directora.

—No te muevas de aquí, Hank, cuando acabemos vendré a por ti —le dijo Charlie.

El Guardián asintió con la cabeza.

—Ten cuidado, Charlie Benjamin.

—Tú también.

El chico echó una última mirada a aquella dulce criatura. ¡Qué pequeñita se veía en medio de las inmensas paredes heladas y oscuras de la gruta! Luego se dirigió a la cueva principal para empezar el proceso de destruir a los nominados.

—Odio hacer esto —susurró Violeta mientras los desterradores y los abreportales se dispersaban por la cueva, esperando la orden de Pinch para empezar la masacre.

Charlie sabía a lo que Violeta se refería. Una cosa era matar a los monstruos cuando te estaban atacando —después de todo lo hacías en defensa propia—, y otra muy distinta era hacerlo mientras estaban totalmente indefensos en el suelo.

Quizá fuera lo correcto, pero no sentía que lo fuera.

—Te comprendo muy bien —le respondió Charlie en voz baja—. Sé que es necesario, ya que después de lo ocurrido en el zoológico cuesta creer lo contrario, pero de algún modo no siento que sea correcto.

Violeta asintió con la cabeza dándole la razón.

—Al menos Teodoro se ve contento.

Charlie le echó una ojeada. El chico espigado y flacucho parecía feliz. Estaba entusiasmado de estar con su padre y se moría de ganas de mostrarle que era un hacha como abreportales. Pero por supuesto él no tenía que asestar ningún golpe mortal a los nominados.

—¡Abreportales, escuchadme! —gritó Pinch avanzando hacia ellos. La parka que llevaba sobre la camiseta para protegerse del frío glacial hacía que su cuerpo de niño pareciera más pequeño aún—. A excepción de los dos nominados, abriréis un portal debajo de todos los otros monstruos del Mundo de las Profundidades para devolverlos al quinto anillo.

—¿No quieres matarlos? —preguntó William emitiendo grandes nubes heladas al hablar por el frío que hacía en la cueva.

—Claro que no. Ya sabes que sólo los matamos cuando no nos queda más remedio.

Charlie recordaba el día exacto en que Rex les enseñó a los desterradores la Regla 3 en el primer curso. Por cada monstruo que mataban en la Tierra, nacían tres en el Mundo de las Profundidades en aquel mismo instante. En cambio, si los devolvías sin matarlos, esto no ocurría. Por eso, aunque diera más trabajo, los mandaban de vuelta por un portal en lugar de matarlos.

—¡Conozco la regla perfectamente, no me chupo el dedo! —repuso William enojado—. Pero no es el momento de andarse con remilgos. Ahora que estamos todos aquí debemos actuar con rapidez y dureza y acabar con este asunto de una vez.

—Lo haremos, pero con inteligencia —respondió Pinch—. No te preocupes, William, hoy podrás saciar tu sed de sangre. Aunque devolvamos a los otros monstruos al Mundo de las Profundidades, no te olvides que tenemos que liquidar a los nominados.

Los nominados.

Charlie echó un vistazo a Barakkas y Slagguron, doblados de dolor, incapaces de moverse. Sabía que eran unos monstruos sanguinarios y mortíferos y que matarían a todos los humanos que pudieran si tenían la oportunidad... Pero sintió lástima de ellos al verlos tumbados en el suelo helado, totalmente indefensos. Era obvio que debía matarlos y, sin embargo, no quería hacerlo. Deseaba poder cerrar los ojos con fuerza y haber desaparecido del lugar al abrirlos.

Todo estaba ocurriendo demasiado aprisa. ¡Por el amor de Dios, aún no erá más que un estudiante! Al igual que sus amigos. Los buenos momentos que había vivido con ellos —explorando los rincones y las grietas de la Academia de las Pesadillas, nadando en el agua cálida y clara del océano, y jugando a batirse en la playa con espadas— ahora le parecían muy lejanos, un vago recuerdo.

Esta operación no era ninguna broma, había llegado el momento de «crecer», como Mamá Rose decía, y esto a él no le gustaba.

Para nada.

—De acuerdo, abreportales. ¡Empecemos esto de una vez! —gritó Pinch mientras su voz resonaba por la gigantesca cueva.

Con una gran determinación comenzaron a abrir portales rodeados de llamas purpúreas debajo de los monstruos de la clase 4 y 5, que estaban tumbados en el suelo de la guarida sin poder moverse, y a devolverlos sin lastimarlos al Mundo de las Profundidades. Teodoro lo hacía con destreza al mismo ritmo que los abreportales adultos. Charlie le vio mirar a su padre para recibir algún signo de reconocimiento o aprobación. Después de un par de intentos, su padre se fijó en Teodoro.

William le lanzó un guiño.

¡Qué bien! ¡Por fin!, pensó Charlie.

—¿Por qué no te unes a ellos? —le dijo Violeta a Brooke mientras los abreportales seguían con su trabajo.

—¿Yo? ¿Para qué?

—Para ayudarles.

La joven parecía confundida.

—¿Cómo? Sabes que ya no puedo abrir portales.

—Sí que puedes, Brooke. Lo sé, y tú también. Ya lo hiciste antes. Venga.

—Bueno…, vale. Lo intentaré.

Dudando, Brooke se acercó e intentó abrir un portal. Le tomó su tiempo y no le resultó fácil, pero para su sorpresa logró abrir uno pequeño debajo de un arrojador de ácido de la clase 4.

El monstruo cayó silenciosamente al Mundo de las Profundidades.

Sonriendo, Brooke miró a Violeta, y ella le devolvió la sonrisa para animarla a seguir. La bella joven, ahora más segura de sí misma, empezó a abrir otro portal, y Charlie y la directora se unieron a Tabitha y al resto de abreportales, que continuaban enviando con seriedad a los monstruos que quedaban al Mundo de las Profundidades. Parecía haber millones de ellos. Todos estaban tan concentrados en su tarea que nadie se dio cuenta de que en la cueva principal faltaba alguien.

El director del Departamento de las Pesadillas se había ido.

El Guardián vio una larga sombra acercándose a la entrada, deslizándose por las paredes heladas como una marea negra.

—Hola. ¿Has venido a verme? —preguntó la dulce criatura.

—Sí —le susurró el director Drake con unos ojos como lagos negros en medio de la penumbra.

—¿Eres una persona buena?

—Sí, lo soy.

—¡Qué bien! Me siento tan solo aquí. Y tengo tanto frío. ¿Podrías abrazarme?

—Sí.

El director rodeó a aquella criatura tan pequeña con sus largos brazos, presionando su mejilla desnuda contra la punta de la frágil cabecita del Guardián.

—¡Oh, gracias! —exclamó sonriendo, mientras el color se esfumaba por momentos de su fina piel—. ¡Qué agradable es recibir por fin un abrazo después de estar tanto tiempo… en el frío y oscuro Mundo de las Profundidades! ¿Eres una persona tan buena como Charlie Benjamin?

El director no le respondió.

El blanco de los grandes ojos del Guardián empezó a ponerse amarillento mientras las costillas se le marcaban en unos extraños ángulos en su pecho hundido. Comenzó a respirar con dificultad.

—¿Eres de verdad mi amigo? —preguntó dudando ahora.

Un viento frío sopló por la entrada cubierta de hielo; afuera se había desatado una violenta tormenta de nieve. El director, sin responderle, en medio de un silencio sepulcral, estrechó a la criatura con más fuerza aún, presionando el veneno de su piel contra ella y sujetándola firmemente, aunque el Guardián intentara ahora separarse de él.

En los ojos de la criatura moribunda apareció una expresión de empezar a entenderlo todo.

—¡Oh, no! Tú no eres mi amigo, ¿verdad? —le susurró con voz ronca.

—No. Me temo que no —respondió el director en voz baja.

El Guardián suspiró y pronunció sólo tres palabras más con un hilo de voz:

—Solo…, siempre solo.

Dio un grito ahogado, otro más… y entonces dejó de moverse.

19

LA PACIENCIA TIENE UN LÍMITE

Mientras los abreportales seguían haciendo su trabajo, los desterradores se agruparon alrededor de los macizos cuerpos inertes de los nominados. Charlie estaba al lado de Violeta —a un palmo de la piel áspera y azul de Barakkas—, y Rex y William se colocaron junto a Slagguron.

—Lo haremos de la forma más rápida e indolora posible —dijo Pinch desenvainando su hoz, que emitió una potente luz azulada—. Sé que a muchos de vosotros os repugna este trabajo. No somos unos asesinos, pero a veces hay que hacer cosas muy desagradables para que brille la luz de la paz.

¿La luz de la paz?, pensó Charlie. *¡Qué forma más rara de hablar!* Casi era como si estuviera haciendo una campaña para que lo eligieran director del Departamento de las Pesadillas.

—Después de terminar con nuestro deber, mañana nos despertaremos en un mundo más seguro de lo que lo es hoy —prosiguió Pinch levantando la hoz con su manita.

Imitándole, los otros desterradores, incluyendo a Rex y William, levantaron también sus armas.

—Desterradores, cuando os lo ordene… —dijo Pinch.

Charlie miró a Violeta, aquel trabajo le producía náuseas.

—Ya lo sé, a mí me pasa lo mismo —murmuró ella, que estaba tan afectada como él—. Hagámoslo lo más rápido posible.

Charlie asintió con la cabeza.

—Sí. Vale.

Él levantó su estoque y Violeta su hacha.

Pinch empezó a contar para que todos acabaran con los nominados al mismo tiempo.

—Uno… dos…

De pronto Barakkas parpadeó.

Los desterradores se miraron unos a otros, nerviosos.

—¿Me lo estoy imaginando? ¿O acaba de…? —preguntó Violeta.

El monstruoso cuerpo del nominado se estremeció con un espasmo y Barakkas dobló uno de sus gigantescos dedos, haciendo un profundo surco en la capa de hielo del suelo.

—Se ha… movido —exclamó Charlie.

—¡Oh, no! ¡Eso no es una buena señal! —masculló Rex.

Barakkas abrió los ojos y se quedó mirando a los humanos.

—Por lo visto nadie ha comprobado si el Guardián estaba bien —dijo con una sonrisa burlona. Y entonces se puso sobre sus pezuñas de un brinco con una fuerza tan descomunal que el hielo se desprendió del techo de la cueva y cayó como una lluvia de cristales sobre los monstruos y los humanos.

Slagguron —que también se había recuperado— irguió rápidamente su colosal cuerpo muy por encima de los demás, adoptando la forma de una ese, y parpadeó con sus ojos oscuros, mientras los otros monstruos del Mundo de las Profundidades volvían en sí a su alrededor.

En un instante los humanos se descubrieron rodeados de monstruos furiosos que estaban deseando vengarse.

—¡Esto no puede estar ocurriendo! —exclamó Tabitha.

—Nos has matado a todos —le espetó furioso William a Pinch.

—¡No! —protestó éste—. Esto... no estaba en el plan...

Y entonces fue cuando los monstruos los atacaron.

Slagguron lanzó su cuerpo contra el hielo con una fuerza descomunal, aplastando a los humanos y a los monstruos que había cerca con su impresionante peso. Barakkas avanzó furioso con sus poderosas pezuñas, mostrando los colmillos, con los ojos llenos de rabia.

—¡Ahora nos vengaremos! —rugió la monstruosa bestia echando escupitajos al hablar—. ¡Ahora lo vais a pagar!

—¡Retiraos! —gritó la directora—. ¡Abrid un portal! ¡Es imposible vencerlos!

Mientras cientos de monstruos que acababan de recobrar el conocimiento se lanzaban sobre ellos, los desterradores intentaron contenerlos para proteger a los abreportales, que estaban abriendo desesperadamente portales por los que huir.

—¡Haz todo cuanto puedas, cariño! —le dijo con calma Rex a Tabitha, lanzando el lazo a los monstruos que se acercaban y sacando su reluciente daga—. Intentaré detenerlos el mayor tiempo posible.

Mientras intentaban abrir portales en medio del caos, Pinch avanzó tambaleándose por la gigantesca cueva en un estado de *shock*.

—¡Es imposible! —se quejó—. ¡Mi plan era perfecto! —dijo a los desterradores y abreportales, intentando desesperadamente que le perdonaran y comprendieran mientras luchaban valientemente para salvar su pellejo y el de sus compañeros—. ¿Cómo iba a imaginar que la operación acabaría así? Recordad que maté a Verminion. Soy un héroe... —les suplicó.

Pero ninguno de ellos puso cara de perdonarle ni de comprenderle mientras se retiraban luchando en una batalla perdida.

En medio de los gritos y chillidos, William, el padre de Teodoro, salió corriendo de la cueva principal para ver qué le había pasado al Guardián. Encontró a la dulce criatura en la pequeña gruta cubierta de hielo donde Charlie la había escondido.

El director estaba dejando su cuerpecito inerte en el suelo.

—¡No! ¿Qué ha hecho? —gritó William.

—Sólo lo que debía hacer; sé que lo entenderás —repuso el director Drake.

William se abalanzó sobre él y le quitó al Guardián de las manos, esperando salvarlo a tiempo, pero ya no daba señales de vida.

—¿Se imagina si esta operación hubiera salido bien? —dijo Drake como si aquella posibilidad fuera incomprensible para él—. Los Dobles Amenazas habrían dirigido el Departamento de las Pesadillas, William. Nos habrían arruinado la vida. Tenía que hacer algo —añadió sacudiendo tristemente la cabeza.

—¡Hay gente que está muriendo en la cueva!

—Lo sé —repuso el director—. Y es terrible, muy terrible, pero los hombres duros deben tomar decisiones duras y a veces es necesario hacer sacrificios por el bien de todos.

—¿Por el bien de todos? ¡Mi hijo está ahí!

De pronto Teodoro entró corriendo en la gruta.

—¡Papá! ¡Abriré un portal para que podáis huir! —gritó

Agitando la mano, Teodoro abrió un portal… y entonces fue cuando vio el cuerpo exánime del Guardián en brazos de su padre.

—¿Qué estáis haciendo? —preguntó el chico en voz baja, retrocediendo horrorizado.

—¡No! No es lo que te imaginas, hijo… —repuso William.

—¿Lo has tocado? Sabías que no podías tocarlo, papá. ¡Todos nosotros lo sabemos! ¡Todo el mundo lo sabe!

—No lo entiendes… —exclamó William sacudiendo la cabeza.

—¿Cómo has podido hacerlo? —gritó Teodoro—. Mis mejores amigos están luchando por tu culpa y ni siquiera sé si Charlie y Violeta siguen aún con vida. ¡O los demás!

De pronto se oyó un sonido retumbando por toda la cueva. Eran las carcajadas huecas y lunáticas de algo monstruoso.

—¡Saludos! —gritó alguien con una voz atronadora—, ¡y un montón de grandes holas!

—¡Ñam, ñam, ñam… qué bien empiezo a sentirme! ¡Ha llegado la hora de divertirme! —exclamó Tyrannus descendiendo con sus colosales alas doradas y girando como un loco los ojos en las cuencas.

¡Oh, no! ¡Lo que faltaba!, pensó Charlie mientras luchaba con un peligruro.

Ahora había tres nominados en la gigantesca guarida.

Charlie, con el estoque reluciendo, echó a correr intentando encontrar desesperadamente a sus amigos antes de que Tyrannus se uniera al frenesí, pero apenas podía ver nada por la nieve que se arremolinaba en el aire, y además el suelo, cubierto de sangre de los monstruos, estaba muy resbaladizo. En medio de la helada neblina, vio el parpadeo de varios portales abriéndose y cerrándose, y un montón de desterradores y abreportales huyendo desesperados por ellos. La gente o escapaba de esa trampa mortal, o era presa de los monstruos del Mundo de las Profundidades.

Mientras Charlie luchaba, intentó recordar dónde había visto a sus amigos por última vez. Sabía que Rex y Tabitha estaban actuando en equipo cerca de Slagguron, pero de esto ya hacía un rato. No tenía ni idea de si todavía estaban en la guarida o de si habían logrado huir.

¡Ojalá hayan podido escapar!, se dijo deseándolo desesperadamente.

En cuanto a la directora, Charlie había vislumbrado la luminosa luz azul de su larga barra metálica en la otra punta de la cueva helada, mientras ella liquidaba a un inmenso ejército de monstruos. La última vez que la había visto tenía tantos monstruos a su alrededor que sólo se le veía la barra. Ignoraba si había sobrevivido o no, si es que era posible sobrevivir a la terrible situación en la que se encontraban.

En cuanto a Violeta y Brooke, él creía que habían corrido mejor suerte. Mientras él luchaba con una bruja del Mundo de las Profundidades, le pareció haber visto a Brooke abrir un portal y huir con Violeta por él, pero no podía asegurarlo totalmente. Estaban muy lejos y no se podía fiar de sus ojos, porque los enloquecedores reflejos del laberinto helado podían haberle gastado una jugarreta.

¿Y Teodoro…? Charlie lo había visto hacía un rato salir corriendo detrás de su padre. Pero ¿dónde estaban ahora?

¡Ojalá estés sano y salvo, Teodoro! ¡Ojalá sigas con vida!, se dijo deseando con toda su alma que fuera verdad.

A sus espaldas podía oír a Pinch vagando en medio de aquella locura, clamando a gritos que sentía mucho lo que había pasado y que no era por su culpa. Charlie no sabía si era verdad o no, y francamente le importaba un bledo, al menos ahora.

Ahora lo esencial era sobrevivir.

—¡Pinch! —gritó—. ¿Dónde estás? ¡Si estás herido, dímelo que iré a buscarte! ¡Abriré un portal para que podamos huir!

—Ahora todos me odian, como antes —se quejó Pinch lastimosamente a lo lejos.

—¡Aguanta, voy a rescatarte!

Charlie luchó contra un acechador de la clase 5 para poder ir adonde le había parecido haber oído a Pinch. Pero en medio del frenesí pisó un charco de sangre, resbaló y se golpeó fuertemente la cabeza con un saliente helado. Al principio no le dio importancia, creyó que se recuperaría del golpe en un minuto o dos, pero de pronto se sintió como si saliera de su cuerpo y estuviera mirándose en un espejo a lo lejos.

Intentó ponerse en pie, pero era como si sus piernas fueran de goma y volvió a derrumbarse sobre el hielo.

¡Oh, no, me estoy desmayando! ¡No me lo puedo creer!, pensó.

Y unos instantes después sintió una oscuridad envolviéndole como una ola tibia y húmeda.

Cuando Charlie recobró el conocimiento, estaba solo en la guarida de los nominados.

Por lo que sabía, los otros humanos se habían ido, al menos los que aún seguían con vida. La cabeza le dolía mucho y sentía náuseas, pero reprimió su deseo de vomitar, y cuando logró ponerse en pie sobre sus temblorosas piernas y se preparaba para abrir un portal por el que huir, oyó una voz ronca conocida:

—Charlie Benjamin —dijo Barakkas.

Se giró.

Barakkas, Slagguron y Tyrannus estaban detrás de él como los gnomos gigantescos de un horrible cuento de hadas. Sus artilugios del Mundo de las Profundidades despedían una potente luz, reflejándose en las paredes heladas de su alrededor en cientos de imágenes.

—¿Sí? —repuso Charlie. Estaba exhausto.

—No tienes por qué acabar así, chico —afirmó Barakkas suavemente, acercándose a él—. Aunque el resto de la humanidad vaya a morir en nuestras manos, tú no tienes por qué acabar igual.

—¡Claro que no! —exclamó Tyrannus alegremente aleteando con entusiasmo en el aire. La fuerza de sus alas derribó a los monstruos más pequeños de su alrededor, haciéndolos rodar por el suelo. ¡No te guardamos rencor! Somos tus amigos, Charlie Benjamin, y los amigos siempre se comen a los amigos, ¿verdad?

—¿Los amigos siempre se comen a los amigos? —repitió Charlie. No estaba seguro de haberlo oído bien—. ¿Qué quieres decir?

—Quiere decir —terció Slagguron con su voz siniestra y carrasposa— que Tyrannus está como una cabra.

—¡No es verdad! —chilló el monstruo!— Porque si estuviera como una cabra, ¿cómo podría limpiarme los oídos con la lengua?

Y para el asombro de Charlie, Tyrannus hizo exactamente eso.

—De acuerdo, pero no puedes zamparte al chico —dijo Slagguron.

—¿Por qué no? —exclamó haciendo un mohín.

—Porque nos va a ayudar.

—¿Cómo? ¿Cómo podría ayudaros? —preguntó Charlie sorprendido.

Barakkas arrojó algo delante de él. Era tan grande como un depósito de agua y emitió un fuerte sonido metálico al dar contra el suelo. El muchacho lo reconoció en el acto.

—¿La gargantilla de Verminion? ¿Por qué me la das?

—En una ocasión te pusiste mi brazalete —afirmó Barakkas— y eso significa que eres el único humano que puede llevar un artilugio del Mundo de las Profundidades sin ser destruido.

—¿Y qué?

—Pues que aunque Verminion esté muerto, tú, Charlie Benjamin, te pondrás su gargantilla en su lugar para que podamos convocar al Quinto.

A Charlie se le heló la sangre en las venas.

—No… Creía que para hacerlo debíais estar los cuatro nominados.

—Debíamos estar los cuatro para usar los cuatro artilugios a la vez —observó Barakkas—. Pero lo importante son los artilugios y no quienes los llevan —añadió señalando con sus colosales cuernos la gargantilla en el suelo para que el chico se la pusiera.

—Tú serás el cuarto nominado, Charlie Benjamin.

De pronto el muchacho comprendió a qué se refería Slagguron durante el ataque al Departamento de las Pesadillas cuando le dijo a Barakkas que «aún había esperanzas». La muerte de Verminion no era fatal para sus planes mientras él siguiera vivo.

—No pienso hacerlo —le espetó sacudiendo la cabeza.

—¡Oh, sí que lo harás! Porque si no lo haces, morirás —repuso Barakkas.

—Quizá muera —porfió Charlie encogiéndose de hombros—. O quizás abra un portal antes de que os dé tiempo a matarme. ¿Quieres ver quién es el más rápido?

—¡Deja de fastidiar! —chilló Tyrannus avanzando aleteando—. ¡Tienes que usar la gargantilla! ¡Eres el único humano que puede hacerlo!

—Eso no es del todo cierto —dijo una voz detrás de Charlie.

Al girarse vio a Pinch, cubierto de sangre y magulladuras. Le sonreía torvamente, y la combinación de unos ojos tan hastiados de la vida en un rostro de niño era perturbadora, por no decir horrenda.

—Charlie pudo ponerse el brazalete porque es un Doble Amenaza, al igual que yo.

—¡No, Edward! ¡No lo hagas! —exclamó Charlie.

—Ya no me queda nada —se quejó Pinch con un hilo de voz—. Ahora todos me odian, todos los del Departamento de las Pesadillas. Me echan la culpa de esto —afirmó señalando la masacre a su alrededor—. Y lo entiendo, porque yo haría lo mismo de estar en su lugar.

—Te perdonarán, Edward. Estoy seguro. Sólo es cuestión de tiempo —dijo Charlie.

Pinch sacudió la cabeza.

—Quizá parezca un niño, pero no lo soy, Charlie Benjamin. Aún te queda mucho por aprender de la gente. No olvidan ni perdonan. Si os ayudo, ¿qué me daréis a cambio? —le preguntó a Barakkas levantando la cabeza para verle.

—Tu vida —repuso el monstruo sonriendo. Charlie vio pedazos de carne colgándole de los dientes—. Y un cargo a nuestro lado. El Quinto querrá que te quedes aquí, para abrir más portales que den al Mundo de las Profundidades y traer más monstruos para nuestra lucha.

—Te está mintiendo. Sabes que son unos farsantes. Después de que los hayas ayudado, te matarán —afirmó Charlie.

—¡Y qué más da! ¡Ya no me queda nada por lo que valga la pena vivir!

Cuanto más alto llegues, más dura será la caída, había dicho la directora.

Pinch, que había sido uno de los Dobles Amenazas más poderosas que habían existido, se había pasado la mayor parte de su vida siendo un hombre desgraciado y destrozado después de que lo redujeran. Y de pronto, en un giro del destino que sólo podía describirse como un milagro, había ascendido en la vida a una altura vertiginosa, y había recuperado el Don y matado a Verminion.

Haberlo perdido todo ahora de nuevo, le resultaba insoportable.

Extendió su mano —suave y pequeña— y tocó la gargantilla de Verminion. El objeto mágico se encogió volviéndose del tamaño perfecto para él.

—Por favor, no lo hagas. Aún estás a tiempo, Edward. Todavía puedes corregir tu error —le suplicó Charlie.

—Crece de una vez —le dijo Pinch abriendo la gargantilla y cerrándola alrededor del cuello.

De pronto los cuatro artilugios del Mundo de las Profundidades se pusieron a brillar con una luz más potente incluso que la del sol.

—¡Ñam, ñam, ñam…, qué bien empiezo a sentirme! ¡Ha llegado la hora de divertirme! —exclamó Tyrannus soltando unas sonoras carcajadas.

—¡Estupendo! ¡Qué bien me siento! —gritó Slagguron irguiendo su cuerpo a una pasmosa altura.

—Y yo también —chilló Pinch con el rostro contraído en una mueca de éxtasis—. ¡Nunca creí que fuera tan maravilloso!

—¡Sí, es verdad! —gritó Barakkas. Sus ojos naranja habían

adquirido un color morado por el momento tan esperado a punto de hacerse realidad—. ¡Ha llegado la hora!

Charlie se apartó de ellos, con el corazón destrozado, decepcionado consigo mismo, sintiendo que había fallado a sus amigos e incluso a toda la raza humana.

—¡Empecemos, amigos míos! ¡Convocad al Quinto con todas vuestras fuerzas! —rugió Barakkas.

El ritual de la convocación comenzó.

PARTE
IV

El Quinto

20

PERLA

Los artilugios del Mundo de las Profundidades brillaron con tanta fuerza que Charlie tuvo que cerrar los ojos para no quedarse ciego. Sabía que debía aprovechar la oportunidad para abrir un portal por el que huir, pero ¿cómo iba a irse antes de ver lo que ocurría?

—¡Dejaos llevar! —oyó que Barakkas rugía—. ¿No os parece maravilloso? Es lo que hemos estado esperando toda la vida.

—¡Sí! —gritó Pinch delirantemente— ¡Espera! ¡Veo una puerta frente a mí..., una luz brillante y reluciente!

—¡Ábrela! —le ordenó Slagguron—. Es la puerta del Quinto. ¡Debemos abrirla todos juntos para que él la cruce!

—¡El Quinto es bueno! —chilló Tyrannus—. ¡El Quinto es clemente!

De pronto se extendió por la cueva una fuerte vibración. Charlie podía notar sus pulsaciones regulares penetrando en su alma. Sintió un calor ardiente que venía de todos lados y que fundía el hielo y lo transformaba en un vapor que le cegaba, pero la luz era ahora tan intensa que incluso con los ojos cerrados le perforaba el cerebro como un clavo al rojo vivo.

—¡La puerta se ha abierto! —chilló Pinch.

—¡Crúzala! —gritó Slagguron.

—¡El Quinto está llegando! —exclamó Tyrannus riendo—. ¡El Quinto está aquí!

La brillante luz empezó a bajar. El repiqueteo se fue alejando y el calor que había envuelto a Charlie descendió. Unos instantes más tarde en la guarida de los nominados reinaba un gran silencio, salvo por el murmullo del agua y las pisadas de un montón de monstruos del Mundo de las Profundidades escabulléndose llenos de espanto.

Horrorizado, Charlie abrió los ojos.

El Quinto estaba plantado en medio de la guarida, flanqueado por los tres nominados y Pinch. Era muy distinto a como se lo había imaginado, al igual que le había ocurrido con el Guardián.

El Quinto era una mujer. Medía unos dos metros y medio y era mucho más grande que un ser humano, aunque parecía más pequeña al lado de los monstruosos nominados. Era increíblemente atractiva, poseía una belleza extraterrestre que a Charlie le pareció inquietantemente cautivadora. Su piel era de un vivo color escarlata —el color de la sangre— y sus grandes ojos de gata relucían como brillantes gemas púrpura. Tenía cuatro brazos con dedos que terminaban en uñas afiladas y que estaban pintadas del mismo color que sus ojos. Tenía las piernas largas y el cuerpo lleno de atractivas curvas femeninas. Su melena plateada y salvaje, que parecía tener vida propia, se movía contra el viento como si fuera un ser vivo.

—¡Hola, pequeños! —dijo con una voz tan melosa como la miel y tan untuosa como la nata—. ¡Cuántas ganas tenía de veros!

Los nominados le hicieron una reverencia. Charlie advirtió que Pinch los imitaba.

El Quinto les examinó con una lentitud exquisita, con la elegancia y majestuosidad de una diosa.

—¿Dónde está el agua? —les preguntó al fin.

—¿El agua, mi señora? —repuso Barakkas con la cabeza gacha.

—¡Llámame Perla! —dijo ella. Charlie advirtió por el deje de su voz que se estaba divirtiendo—. ¿Dónde está el Cangrejo, el Señor del Agua? No le veo por aquí.

—¡Ah, os referís a Verminion! —exclamó Barakkas mirándola aún con la cabeza inclinada.

—Sí, Verminion —respondió ella cabeceando—. ¿Así es como le llamáis?

—Sí, mi señora.

—¡Qué interesante! Veo que está el Gusano, el Señor de la Tierra… —añadió echando una mirada a Slagguron.

—Bienvenida —repuso el monstruo con su voz siniestra y carrasposa.

—Y aquí veo al Murciélago, el Señor del Aire —dijo volviéndose hacia Tyrannus.

—¡Yo vuelo alto y a los humanos mato! —exclamó la bestia batiendo las gigantescas alas.

—Y aquí estás tú —prosiguió ella señalando a Barakkas con la cabeza—. Mi dulce Señor del Fuego.

Barakkas, para alardear de su poder, estampó su gigantesca pezuña en el suelo de piedra de la cueva y provocó una lluvia de llamas.

—¡El fuego en persona, mi señora! —exclamó regodeándose.

—Ante mí tengo al Señor de la Tierra, del Aire y del Fuego, pero no al del Agua. ¿Cómo es eso?

—El Señor del Agua está muerto. Los humanos lo han matado —respondió Barakkas señalando a Pinch y escupiendo la palabra «humanos» como si tuviera un gusto asqueroso.

—El Quinto giró lentamente la cabeza para contemplarlo.

Charlie, que lo estaba viendo todo escondido detrás de una roca, sabía que Pinch quería desesperadamente huir, estaba seguro, pero su amigo aguantó el tipo.

—Edward Pinch —dijo ella.

—¿Conoce mi nombre?

—¡Oh, sí! Conozco a todos mis niños…, y ahora tú eres uno de ellos, espero que te guste.

—Sí que me gusta. Muchas gracias —respondió él sonriendo.

—Mi señora, si queréis, podéis matarlo. Ahora que os hemos convocado, ya no le necesitamos —observó Barakkas con desdén.

—¿Que puedo matarlo? —repuso ella girándose lentamente hacia el monstruo—. ¡Qué amable eres, Fuego, de darme permiso para hacerlo! ¡Qué generoso por tu parte!

Barakkas parecía estar sudando la gota gorda.

—Mi señora, me he expresado mal. Vos sois nuestra reina y yo no osaría nunca sugerir que…

Agitando casi de manera imperceptible la mano derecha de arriba, el Quinto convirtió a Barakkas en unas infernales llamas. Su cuerpo ardiendo despidió tanta luz y calor que la roca sobre la que estaba se fundió. Unos instantes más tarde el fuego desapareció. Barakkas se había convertido en una estatua de cenizas.

El Quinto, frunciendo los labios, la sopló.

La estatua de cenizas se desmoronó. Las cenizas se esparcieron y llenaron la guarida de una nube de humo espesa y asfixiante. Se había cargado a Barakkas, el primer nominado del Mundo de las Profundidades, nacido del Fuego, como si nada.

Slagguron y Tyrannus retrocedieron, horrorizados.

—Perla quiere a todos sus hijos —observó el Quinto con una ligera sonrisa—. Pero a veces hay que castigar a los niños.

Charlie no podía creer lo que estaba viendo. Incluso Pinch parecía asombrado por la horrenda y repentina muerte de Barakkas.

—Mi señora, no nos opondríamos nunca a vos —le aseguró Slagguron gravemente con la cabeza agachada—. Ni ahora… ni en el fin de los tiempos.

—¡Oh, ya sé que no lo haríais! —repuso el Quinto con una seriedad exagerada, como si tranquilizar a Slagguron fuera lo más importante del mundo—. Al menos aposta. El problema es que no podéis evitarlo. Sois por naturaleza…, ¿cómo podría explicároslo?, dominantes y controladores. Nacisteis con este carácter. Por eso habéis sido unos chicos malos y no habéis jugado limpio los unos con los otros.

—Os lo suplico. Tenéis que creerme. Os doy mi palabra de que nosotros nunca… —exclamó Slagguron.

Pero antes de que pudiera terminar de hablar, ella agitó levemente hacia él un dedo de su mano izquierda inferior. La piel gris de Slagguron se volvió de piedra y el nominado quedó petrificado. Ella agitó de nuevo el dedo y Slagguron se quebró como si hubiera recibido el impacto de un terremoto y cayó al suelo convertido en una gigantesca oleada de arena.

Se había cargado a Slagguron, el tercer nominado del Mundo de las Profundidades, nacido de la Tierra, en menos de tres segundos.

El Quinto se giró hacia Tyrannus.

—¡Hola! —exclamó el monstruo esbozando una sonrisita nerviosa—. Tyrannus se alegra de que mi señora se haya quitado de en medio a estos indeseables. Como vos habéis dicho, eran unos chicos malos, los dos, ¡y se merecían su repugnante fin!

—¿Eso te parece? —preguntó ella suavemente.

—¡Claro que sí! —rugió él—. A decir verdad, ¡habéis sido demasiado buena con ellos! ¡Eran unos embusteros y unos ladrones! ¡Querían hacerse con vuestro poder!

—Pero tú no me lo quieres quitar, ¿verdad?

—¿Yo? ¡Oh, no! El viejo Tyrannus no desea en absoluto el poder. Vive para serviros. ¡Sólo desea seros útil! ¡Tyrannus ama a su dueña! ¿Mi señora también ama a su siervo Tyrannus? —dijo la colosal bestia esperando librarse de un fin tan horrendo como el de los otros nominados.

—Claro que sí. Yo amo a todos mis niños por igual —repuso el Quinto dulcemente.

—¿Por igual? —repitió Tyrannus.

—Sí. Y les doy el mismo trato.

Batiendo las alas frenéticamente, el monstruo se elevó en el aire e intentó escapar por el agujero del techo de la cueva.

No lo consiguió.

El Quinto agitó levemente la mano derecha superior, envolvió a Tyrannus en un tornado y éste se lo tragó. El gigantesco murciélago intentó liberarse del viento huracanado, pero le fue imposible luchar contra la furia de la creación del Quinto. El torbellino fue girando cada vez más rápido, hasta que Charlie ya no pudo ver a Tyrannus en su interior; el viento lo había desintegrado por completo. Entonces el Quinto, asintiendo casi imperceptiblemente con la cabeza, hizo desaparecer al tornado, que se llevó a Tyranus con él a un lugar del que ya no podría volver.

Había acabado con el cuarto nominado del Mundo de las Profundidades, nacido del Aire, en un periquete.

Charlie se quedó estupefacto.

Habían sido necesarios todos los recursos que el Departamento de las Pesadillas había reunido durante veinte años, un montón de buena suerte y el trabajo de tres Dobles Amenazas para liquidar a un solo nominado. Pero ahora, en un momento, el Quinto había acabado con los tres que quedaban.

Y lo había hecho al parecer sin el menor esfuerzo.

Ella se giró hacia Pinch.

—Dime, amor, ¿quieres a tu dulce Perla?

—Os quiero, mi señora.

—¿Te doy miedo?

—Sí

—Estupendo —exclamó ella asintiendo con la cabeza—. No sabes cuánto lo aprecio, porque lo único que les pido a mis niños es que sean sinceros. Aparte de una absoluta obediencia, claro.

—Os comprendo.

Ella se acercó a Pinch con sus largas piernas escarlata. Era una mujer imponente, casi el doble de alta que él.

—Ahora puedes elegir unirte a mí y vengarte del mundo que te ha dado la espalda, o volver a él —le propuso sosteniéndole la mirada.

—¿Dejaríais que me fuera? —preguntó Pinch.

—¡Claro! —exclamó ella asintiendo con la cabeza—. Perla no retendría a ninguno de sus niños en contra de su voluntar. Su infelicidad la haría infeliz. Sin embargo —añadió sonriendo dulcemente—, Perla tiene unas experiencias maravillosas reservadas para aquellos de sus niños que deseen quedarse a su lado y demostrarle su amor y su devoción. Para los que se unen a ella, la Tierra es un tesoro rebosante de maravillosos regalos, y los humildes ayudantes de Perla pueden coger de él todo cuanto les plazca.

—Sí —dijo Pinch mirando sus ojos como gemas—, eso es lo que yo quiero. Lo quiero todo.

—Ya lo sé —exclamó ella acariciándole la cabeza con sus

cuatro manos de largos dedos. Charlie sintió arcadas—. ¿Querrás ayudar a Perla a abrir un portal que dé al Círculo Interior? En él tiene muchos de sus niños a los que hace mucho que no ve.

—Sí.

Pinch cerró los ojos y abrió un gigantesco portal en el Círculo Interior del Mundo de las Profundidades.

Charlie ya había visto antes ese lugar. En el pasado había abierto un portal en él, con lo que había dejado boquiabiertos a todos, pero la vista del portal que Pinch acababa de abrir era totalmente distinta. Daba a un inmenso jardín lleno de monstruos de la clase 5 ocupados en sus menesteres, zigzagueando alrededor de unas retorcidas estatuas que representaban a los Señores del Mundo de las Profundidades. En cada una de las cuatro esquinas se alzaba el palacio de cada uno de los nominados. El cielo en lo alto era una caldera revuelta de color rojo vivo.

Al advertir el inmenso portal púrpura, los monstruos del jardín fueron dejando poco a poco lo que estaban haciendo.

—Venid, niños míos —exclamó el Quinto tranquilizadoramente haciendo señas a los monstruos del Mundo de las Profundidades para que se acercaran—. Venid a la Tierra. Venid con Perla.

Corrieron hacia ella, cruzando en manadas el portal y dejaron atrás el Mundo de las Profundidades. Unos instantes más tarde estaba rodeada de monstruos, como si fueran sus juguetonas crías.

—Perla quiere mucho a sus niños. Perla quiere darles el mundo entero —exclamó acariciándoles sus monstruosos rostros con dulzura y afecto.

Mientras les susurraba cositas dulces, cientos de monstruos más salieron de los palacios de los nominados y se precipitaron por el portal, inundando la guarida. Había acechadores y ectobogs, oscuros y brujas, peligruros y arrojadores de ácido, y muchos otros mostruos que Charlie no había visto nunca, o de los que incluso nunca había oído hablar.

—¡Venid! —exclamó el Quinto alegremente—. ¡La Tierra es vuestra, niños! ¡Os doy la bienvenida a todos! Incluso a ti, Charlie Benjamin —añadió girándose hacia el lugar donde estaba escondido.

Él se quedó petrificado.

—Sal, chico. No te haré daño.

Charlie salió de detrás de la roca y entró en la gigantesca cueva. En cuestión de segundos los monstruos lo habían rodeado, girándose hacia él como misiles localizando la diana.

—No le agobiéis, pequeños —exclamó el Quinto amablemente. Al instante los monstruos retrocedieron y le dejaron espacio libre. Charlie se quedó pasmado al ver la rapidez con la que seguían al pie de la letra cada una de sus palabras—. Edward, creo que ya conoces a nuestro invitado —añadió ella.

—Le conozco muy bien —repuso Pinch. Charlie sabía que él no se alegraba de verle.

—¿Te gustaría unirte a Edward y a mí? —le preguntó ella dulcemente—. En el mundo hay suficientes riquezas maravillosas para todos.

—Creo que no —respondió Charlie.

—¿No? —dijo ella, pareciendo sólo ligeramente decepcionada, como si el chico hubiera rehusado repetir de un plato que ella hubiera preparado—. No importa. Si quieres, puedes irte. Dile entonces de mi parte a toda la gente que conoces, al mundo entero, que no ha sido más que una pequeña muestra, que la horrible experiencia que han vivido no ha sido nada en comparación con el espeluznante fin que les espera en manos de Perla y de sus dulces niños.

¿Lo dice en serio?, ¿realmente piensa dejarme ir?, se preguntó Charlie.

—Mi señora, permitidme con todos mis respetos que os diga que Benjamin es muy poderoso. Si dejáis que se vaya, se convertirá en nuestro enemigo más fuerte —observó Pinch.

En nuestro enemigo. A Charlie le sorprendieron estas palabras. Por lo visto Pinch había decidido convertirse oficialmente en una criatura del Mundo de las Profundidades.

El Quinto pareció sorprenderse.

—¿Ah, sí? No sabía que fuera tan poderoso. ¿Estás seguro de que no quieres unirte a nosotros, chico? —le preguntó a Charlie—. El corazón de Perla es inmenso, puede contener multitudes.

—No. Nunca —repuso él.

—¡Qué lástima! ¡Niños, destruidle! —ordenó ella a los monstruos del Mundo de las Profundidades, que seguían entrando a raudales por el portal.

Todo ocurrió tan deprisa que Charlie casi no se dio cuenta de cuándo había empezado.

Una oleada de monstruos se precipitó hacia él, abriendo y cerrando las fauces, con las pinzas levantadas. En aquel instante Charlie abrió un portal y saltó por él. Los sanguinarios monstruos se arrojaron sobre él, envolviéndolo en una mortal riada...

Pero ya era demasiado tarde, Charlie se había ido.

Había huido al Mundo de las Profundidades.

21

Hogar, dulce hogar

En las ruinas de la cámara del Consejo Supremo del Departamento de las Pesadillas, el director Reginaldo Drake se estaba dirigiendo a los abreportales y desterradores que habían sobrevivido. La directora no estaba presente, ni tampoco Rex, Tabitha, Charlie, Violeta o Teodoro, pero William, su general, permanecía en silencio junto a él.

—Desearía con toda mi alma haberme equivocado —dijo el director Drake solemnemente—. Ojalá ahora el problema de los nominados y de sus terribles secuaces no fuera más que un lejano recuerdo y pudiera deciros que juzgué mal a los Dobles Amenazas, que Edward Pinch, la directora Brazenhope y Charlie Benjamin eran unas personas que querían lo mejor para todos.

»Pero por desgracia no es así.

»Nos han traicionado, damas y caballeros, nos han traicionado de una forma atroz y maliciosa. ¿Por qué Charlie Benjamin envenenó al Guardián? ¿Por afán de protagonismo? ¿Por codicia? Nunca lo sabremos. Pero lo que sí sabemos con certeza es que fue el único que se quedó a solas con la dulce criatura y que ésta murió poco después de entrar en contacto con él. ¿Sufrió mucho el Guardián al recibir el venenoso contacto humano de Charlie? ¿Sintió mucho dolor? ¿Chilló?

»Nunca lo sabremos.

»¿Y Edward Pinch? ¿Nos llevó adrede a aquella mortal encerrona? Por lo visto, así fue. Ahora sabemos que se ha pasado al bando de los monstruos del Mundo de las Profundidades y debemos suponer que estaba conchabado con ellos desde hace mucho. ¿Por qué? Porque él, como los otros Dobles Amenazas, desea el poder por encima de todo y creyó que unirse a los nominados era el mejor medio para conseguirlo.

»Lo cual nos lleva a la directora.

»¿Quién entrenó a los Dobles Amenazas? ¿Quién salió en su defensa cuando el sentido común de todos nos decía que nos opusiéramos a sus malvadas formas de proceder? ¿Quién les asignó las misiones que llevaron a cabo y los protegió incluso después de su estrepitoso fracaso? ¿Es necesario siquiera decir su nombre? La autora de esta infamia es, por supuesto, la directora Brazenhope.

»Los tres (Edward Pinch, la directora Brazenhope y Charlie Benjamin) son los que nos han llevado a la desastrosa y desesperada situación en la que ahora nos encontramos.

»Los nominados han convocado al Quinto, y el ejército del Mundo de las Profundidades se está movilizando en este preciso instante mientras yo me dirijo a ustedes. Es demasiado tarde para arrepentirse y ya no tenemos una segunda oportunidad. Ahora sólo podemos mirar al futuro con la cabeza clara y un corazón fuerte. Debemos afrontar a los terribles monstruos que antes podíamos contener de una forma segura, aunque no lo bastante sólida en nuestras pesadillas.

»Mi corazón siempre recordará con gran cariño a los hermanos y hermanas caídos en combate, y yo me ofrezco, damas y caballeros, junto con el general Dagget, para llevarles a un futuro mucho mejor.

Girándose hacia donde estaba William, que contemplaba en silencio a los presentes con la mirada perdida, el director se dirigió a él:

—¿General Dagget?

Éste no le respondió.

—¿William?

—No tengo nada que decir —dijo al fin con la voz ronca y quebrada—. Usted ya lo ha dicho todo.

El director volvió a girarse hacia la abarrotada sala.

—La era de los Dobles Amenazas ya forma parte del pasado y ahora damos la bienvenida al amanecer de la brillante y resplandeciente era de la lógica y la razón. Mientras reconstruimos este gran complejo, les pido que me sigan, desterradores y abreportales, que nos sigan —añadió señalando a William con la cabeza—, mientras luchamos contra el ejército del Mundo de las Profundidades y le damos la espalda a los que han intentado destruirnos, a los que ahora mandamos al exilio, a los que llamamos… los «Dobles Amenazas».

Se hizo un silencio, seguido de unos fuertes aplausos. Al principio eran unos simples palmoteos, pero fueron aumentando y al cabo de poco se convirtieron en una ensordecedora ovación que resonó por la grandiosa sala. Unos instantes más tarde todos los desterradores y abreportales se habían puesto en pie y aplaudían furiosamente, mostrando su apoyo al director —a quien sin duda habían juzgado mal de una forma terrible— y su repulsa hacia Charlie Benjamin y sus amigos.

—¿Qué significa «exilio»? —preguntó Teodoro mientras él, Charlie y Violeta lanzaban conchas desde la última planta de la Academia de las Pesadillas. El día era soleado y el cielo relucía con un brillante color azul, aunque hacía un poco de fresco. Charlie sabía muy bien que el invierno estaba a punto de llegar, pero su mente intentaba desesperadamente asociar la desaparición del calor estival con la muerte del Guardián, que había dejado ahora a la Academia de las Pesadillas desprotegida de los monstruos del Mundo de las Profundidades.

—No sé a qué se refieren al decir que van a mandarnos al «exilio», sólo sé que en el Departamento no nos quieren. Ignoro si significa algo más serio, como que nos van a arrestar, a reducir o a hacer quién sabe qué. La directora seguramente nos lo explicaría... Pero ella está... —Charlie se encogió de hombros y lanzó un hondo suspiro—, ya sabéis a lo que me refiero.

—¿Aún no ha recobrado el conocimiento? —preguntó Violeta.

Él sacudió la cabeza.

—Mamá Rose se está ocupando de ella en la enfermería, pero creo que las heridas que sufrió son graves, aunque nadie quiere decirme lo serias que son.

—Nunca vi a nadie luchar con tantos monstruos a la vez. ¡Es una mujer increíble! —afirmó Teodoro.

—Es verdad —terció Violeta—. No entiendo cómo alguien puede pensar que ella o tú —dijo señalando a Charlie con la cabeza— quisierais matar al Guardián.

—Yo tampoco —respondió Charlie encogiéndose de hombros—, pero me culpan de ello. ¡Si yo nunca lo toqué!

—Te creo.

—Y yo también —exclamó Teodoro contemplando la jungla. Un pájaro chilló a lo lejos—. Porque sé quién lo mató.

Charlie y Violeta lo miraron estupefactos.

—¿Lo sabes? —exclamó Charlie.

Teodoro asintió con la cabeza. Charlie se moría de ganas de preguntarle quién había sido, pero esperó a que su amigo estuviera dispuesto a decírselo.

—Fue mi padre —admitió por fin el chico mirándolos.

—No. No puede ser —respondió Charlie—. ¡Él es el general! ¡Está intentando proteger al Departamento, no destruirlo!

—Sí que fue él —afirmó Teodoro en voz baja—. Lo cogí con las manos en la masa. Estaba sosteniendo al Guardián, dejándolo en el suelo helado, muerto.

—Quizá no viste lo que crees haber visto —sugirió Violeta—. Al igual que todo el mundo cree que Charlie lo hizo, y no es verdad.

El muchacho sacudió la cabeza.

—Sé lo que vi, y lo que vi es que mi padre es un monstruo.

«Monstruo.» La palabra quedó flotando en el aire.

—¿Cómo huiste? —le preguntó Charlie.

—Mi padre, el director y yo huimos por un portal que abrí.

—¿Y después hablaste con él? —preguntó Violeta—. Me refiero a tu padre. Tal vez tenga alguna otra explicación para…

—¡No pienso hablarle en toda mi vida! —le interrumpió Teodoro—. Por lo que a mí respecta, no tengo padre.

Charlie no sabía qué decirle, pero Violeta le consoló apoyando la cabeza en su hombro.

—¡Hola, chicos!

Al mirar hacia abajo, Charlie vio a Brooke en la plataforma del nivel inferior caminando con Geoff, su novio.

—¡Hola, Brooke! ¿Cómo estáis? —respondió Charlie.

—Bien. Hemos quedado con unos amigos.

—¡Ah, vale! ¡Que os divirtáis!

—Adiós, Brooke —dijo Violeta—. Y gracias de nuevo por el portal que abriste en la guarida… Me salvaste la vida.

—No habría podido abrirlo si no hubieras mantenido a raya a esos monstruos, o sea que tú también me la salvaste —observó la joven sonriendo cariñosamente, y luego ella y Geoff se despidieron.

—¿Qué es lo que ve en ese chico? —se quejó Teodoro.

—No lo sé. Supongo que es bastante guapo —respondió Violeta.

—¿Él? ¿Estás de guasa…? Sí, supongo que es guapo, ¡si te gustan corpulentos, musculosos y rubios! —masculló echándose a reír como si aquella idea fuera ridícula.

—Es un chico muy simple. No es nada complicado. Quizá sea eso lo que ella quiere ahora —observó Charlie.

—¡Yo también soy muy simple! ¿Acaso hay alguien más simple que yo? ¡Si soy como un rompecabezas de una pieza! —exclamó Teodoro.

Charlie y Violeta se lo quedaron mirando y se echaron a reír.

—¿Qué pasa?

Siguieron riendo hasta que Teodoro se unió a ellos. No les sirvió para descargar toda la tensión, pero al menos se relajaron un poco.

—Sólo quiero deciros —empezó Charlie después de que dejaran de reírse— que no habría llegado tan lejos sin vosotros, chicos. No puedo explicarlo, exactamente, pero vosotros lo sois todo para mí.

—Creo que lo has explicado muy bien. Y para que lo sepáis, yo siento lo mismo por vosotros, amigos —afirmó Violeta.

—Yo también —terció Teodoro.

Charlie se giró para contemplar el inmenso océano.

—No sé. Cada vez que intento hacer algo bueno, acaba en un desastre. Conseguimos la leche para salvar al Guardián, pero Pinch la usó para recuperar su poder y convocar al Quinto. Rescatamos a aquel niño pequeño en el quinto anillo sin saber que era Slagguron y dejamos que se escapara del Mundo de las Profundidades. Llevamos al Guardián a la Tierra, y la mitad de abreportales y desterradores del Departamento de las Pesadillas acabaron perdiendo la vida.

Sacudió la cabeza.

—Siempre que intento hacer lo mejor para todos, la mitad de las veces me sale todo mal.

—¿Sabes que hay un curioso término para describirlo? —observó una cordial voz a sus espaldas. Al darse la vuelta Charlie vio a Rex junto a Tabitha—. Es la palabra «vida».

—Hola, Rex. Hola, Tabitha —saludó el chico—. ¡No sabéis cuánto me alegra ver que estáis bien!

—¡Oh, se necesita más de un par de bichejos del Mundo de las Profundidades para acabar con la princesa y conmigo!

—Nosotros también nos alegramos mucho por vosotros. Ya veo que todos estáis sanos y salvos —añadió Tabitha.

—Sí, porque si os hubiera pasado algo, ahora no podríamos asistir a esta fiestecilla lacrimógena que habéis organizado —añadió Rex con una sonrisa burlona.

—¿Fiestecilla lacrimógena? —exclamó Charlie—. Venga, Rex, no estamos deprimidos por nosotros, sino por las desgracias que han ocurrido.

—¡Ajá! ¡Ahí está precisamente el problema! —afirmó el vaquero apoyando una de sus polvorientas botas en la barandilla inferior del barco pirata—. Lo que pasa es que creéis que la vida es «uno más uno suman dos», pero no es así. A veces uno más uno suman tres, o diecinueve, o un saco de alubias mágicas. Sólo porque hagáis algo bueno no significa que os vaya a salir bien a la primera. Y que hagáis algo malo no quiere decir que vayáis a recibir un puñetazo en los morros. Pero si seguís intentándolo y tomando decisiones honestas y éticas, las cosas al final os saldrán como vosotros queríais y os alegraréis de haber librado esa batalla.

—¿«Al final»? —exclamó Charlie.

—¡Lo siento, chico, yo no controlo el universo.

—Ojalá lo hicieras —dijo el muchacho sonriendo.

—Estaría bien que pudiéramos hacerlo los dos, chico.

—¿Os gustaría oír una buena noticia para variar? —les preguntó Tabitha.

—¿Ah, sí? ¡Pues claro! ¡Dínosla, por favor! —gritó Violeta.

—La directora ha recobrado el conocimiento… y ha preguntado por vosotros.

La directora estaba tumbada al aire libre en la enfermería, mientras Mamá Rose le refrescaba la frente con un paño húmedo. Charlie desconocía si las heridas eran graves, pero la directora se veía débil y frágil, no tenía nada que ver con la persona llena de confianza y fuerza que antes era.

—Sé lo que ha ocurrido, Benjamin —dijo con un hilo de voz. Si tuviéramos tiempo podríamos sentarnos a debatir si nuestras acciones fueron acertadas o no, pero no podemos permitirnos este lujo. Con el Quinto en nuestro mundo, los monstruos del Mundo de las Profundidades nos atacarán pronto. Como ya sabéis, Pinch nos ha traicionado. Yo no estoy en condiciones de luchar, o sea que me temo que debo asignaros una misión muy peligrosa y desagradable. Debéis encontrar la forma de enfrentaros al Quinto, la soberana del ejército del Mundo de las Profundidades, y destruirla… De lo contrario, estaremos perdidos.

—Entiendo —respondió Charlie sin entender nada, ya que ¿cómo iban a ganar a alguien tan poderoso si ni siquiera los nominados tenían ninguna posibilidad con ella?

—No esperes que los del Departamento de las Pesadillas te ayuden, Benjamin. En realidad, es mejor que te mantengas alejado de ellos, porque intentarán perjudicarte. Ni tampoco te puedes quedar aquí. Debes recurrir a tus amigos —dijo la directora señalando a Violeta y Teodoro con la cabeza—. Eres muy afortunado el tener unos amigos tan increíbles.

—Estoy totalmente de acuerdo con usted, directora.

—No dejaremos que le pase nada malo —exclamó alegremente Teodoro dándole unas palmaditas en la espalda a Charlie—. Es una TDG: ¡Teodoro Dagget se lo garantiza!

—Haremos todo cuanto sea necesario para protegerlo y llevaremos a cabo la misión que nos ha asignado. No se preocupe —añadió Violeta.

—Ya lo sé, confío en vosotros —afirmó la directora y entonces cogió la mano de Charlie entre las suyas. Las manos de la mujer eran tan endebles y frágiles como las de un pajarito.

—Desearía no tener que asignarte esta misión, Benjamin, pero no me queda más remedio. Os espera un oscuro viaje, pero al final veréis la luz.

—Sí, señora —repuso Charlie asintiendo con la cabeza.

—Directora —dijo Rex entrando en la enfermería—, me gustaría llevarme a Charlie para «aquello» de lo que hablamos.

La directora sonrió ligeramente y asintió con la cabeza.

—Muy bien, adelante. Sin duda se lo merece.

—Ven conmigo, chico. No hace falta que te cambies de ropa. Tabitha, ¿serías tan amable de abrir un portal…?

Unos instantes más tarde Charlie llamaba a la puerta de un pequeño apartamento de Brooklyn. En la planta baja del edificio había una modesta pizzería llamada Pizza Celestial. Oyó el ruido de alguien acercándose del otro lado arrastrando los pies, seguido de un par de gritos de «¡Espere un momento! ¡Ahora mismo abrimos!» Al final la puerta se abrió y apareció un hombre alto medio calvo sonriendo cariñosamente y una mujer con el cabello lleno de rulos.

Se quedaron mirando a Charlie estupefactos.

—Hola, mamá. Hola, papá.

Su madre se echó a llorar como una magdalena.

—¡Charlie! —gritó abrazando a su hijo y dándole un montón de besos en las mejillas. Él se sorprendió al ver que no le molestaba el efusivo recibimiento de su madre, al contrario.

—¡Hijo! —exclamó Barrington Benjamin quitándoselo a Olga y dándole un fuerte abrazo—. ¡Cuánto te hemos echado de menos!

—Yo también. Os he echado tanto de menos que no os lo creeríais.

Charlie entró seguido de Rex en el apartamento, y después de zamparse varias porciones de pizza de la pizzería de abajo (*¡Está realmente deliciosa!*, pensó Charlie), sus padres le contaron lo que habían estado haciendo durante los seis largos meses en los que no había tenido noticias de ellos. El Departamento de las Pesadillas le había conseguido un trabajo.

—¡El mundo de las baterías! —exclamó Barrington con orgullo—. ¡Si necesitas saber cualquier cosa de baterías, no tienes más que decírmelo!

Y su madre colaboraba como voluntaria en un comedor de beneficencia del barrio y estaba intentando montar una panadería en casa.

—Después de oler el delicioso aroma de las pizzas todo el día, no pude resistirme —le contó.

Sus padres, como cualquier otro mortal del planeta, habían visto por la tele el monstruoso ataque en el zoológico de San Diego. Le hicieron un montón de preguntas, pero Charlie prefirió eludir algunas, no porque le hubieran prohibido responderlas, sino porque sabía que si sus padres se enteraban con pelos y señales de su peligrosa misión enfermarían de preocupación.

Aunque se van a preocupar de todos modos, pensó.

—Qué piso más bonito —dijo Charlie echando un vistazo al apartamento. Era mucho más pequeño que el modelo 3 en el que había crecido, pero sus padres lo habían convertido en un lugar cómodo y acogedor y decorado con montones de fotos familiares, casi todas de Charlie.

—Es perfecto para nosotros —exclamó Barrington—. Ni demasiado grande, ni demasiado pequeño, justo lo que necesitamos, como Ricitos de Oro diría.

Charlie sonrió. Sólo a su padre se le ocurriría citar a Ricitos de Oro.

—Contadme, ¿cómo se portó el Departamento de las Pesadillas con vosotros?

—De maravilla, Charlie —repuso Olga—. Le han buscado a tu padre un trabajo y nos han dado este bonito piso y unas nuevas identidades.

—Los nuevos apellidos que nos han dado son de lo más ridículos, parecen sacados de una novela de misterio —le soltó Barrington—. Si he de serte sincero, prefería los de antes.

—¿Quiénes sois ahora?

—Los Smith. Bob y Betty Smith —repuso Olga.

Rex no pudo evitar echarse a reír.

—Supongo que ahora otra pareja en vuestra misma situación debe llamarse Jim y Jenny Jones.

—¡Yo les pregunté lo mismo! ¿Y quieres saber lo que me respondieron? Pues que sí —exclamó Barrington.

Todos se echaron a reír. Después de la pesadilla de los últimos días, esto le sabía a gloria. Estar con sus padres le parecía a Charlie casi un sueño, un maravilloso sueño que ojalá nunca se terminara.

—¿Qué te pasa, hijo? —le preguntó su madre con una cariñosa sonrisa—. Te noto preocupado.

—Es que… ha sido una temporada difícil —en aquel momento se sintió como si tuviera mucho más de trece años—. He hecho unas cosas… que no han salido exactamente como esperaba.

—No importa —respondió su madre simplemente.

—Pero tú no estabas allí, mamá. Tomé unas decisiones. En aquel momento me parecieron correctas y quizás incluso lo fueran, pero no me podían haber salido más mal.

—No importa.

—Sí, pero la gente dependía de mí y yo les ha fallado, y ahora…

—¿Charlie?

—¿Sí, mamá?

—¡No importa! Lo único que importa es que tu padre y yo te queremos, hagas lo que hagas. ¿Lo entiendes? Ocurra lo que ocurra.

—Sí, mamá. Te entiendo.

Ella le acarició el rostro con su reconfortante mano.

—Aún te quedan muchos años por delante, hijo. ¿Por qué quieres crecer tan deprisa?

Él la abrazó fuertemente, con los ojos empañados.

Rex y Charlie se encontraban en el pequeño balcón de la sala de estar de sus padres, contemplando desde una considerable altura las animadas calles de Brooklyn. La guirnalda de lucecitas multicolores parpadeaba alegremente alrededor de la barandilla de hierro forjado. En el interior sus padres estaban preparando un postre hecho a base de chocolate, manzanas y nata. Despedía un aroma delicioso.

—¡Qué gusto poder estar con tus padres!, ¿verdad?

—Sí. Claro —repuso Charlie.

—No te preocupes, chico, no vas a sentirte solo. Tienes a tus amigos, y Tabitha y yo te apoyaremos en todo lo que podamos.

—Lo sé. Y te lo agradezco mucho.

De pronto oyeron un ruido de cristales rotos que venía de la calle, seguido por otro sonido que Charlie conocía ahora demasiado bien.

Era el chillido de un murciélago del Mundo de las Profundidades.

Después llegaron los alaridos: gente gritando, cláxones sonando. Charlie y Rex se miraron sin decir nada.

No había nada que decir.

—Ya ha empezado —dijo el vaquero al fin.

Charlie asintió con la cabeza.

—Sí, creía que tendríamos un poco más de tiempo, pero supongo que ya se ha acabado.

El cielo nocturno empezó a llenarse del sonido de sirenas y de olor a humo.

—¿Crees que estás preparado para enfrentarte al Quinto? —preguntó Rex.

—No —respondió Charlie con sinceridad—. ¡Cómo podría estarlo!

—Te entiendo.

Los dos levantaron la cabeza para contemplar la reluciente luna llena, que se veía naranja por la contaminación de la ciudad. En aquel instante vieron una bandada de brujas cruzando la luna, con sus correosas alas recortándose contra los antiguos cráteres. Después se lanzaron en picado hacia la oscuridad de abajo. Se escucharon unas terribles y alegres carcajadas, seguidas de gritos y chillidos de pánico.

—Hacen todo lo posible por asustarnos —dijo Charlie en voz baja—. Pero ¿sabes qué?

—¿Qué?

—Es mejor que empiecen a temerme. Ya no soy un niño —afirmó girándose hacia él.

—Lo sé, y el momento no podía ser más oportuno —le respondió el vaquero.

Rex contempló la oscura noche, llena de monstruos.

—Parece que la Guerra del Mundo de las Profundidades ha empezado.